GØHRIL GABRIELSEN

Die Einsamkeit der Seevögel

Roman

Aus dem Norwegischen
von Hanna Granz

Insel Verlag

Die norwegische Originalausgabe erschien 2017
unter dem Titel *Ankomst* bei Aschehoug, Oslo.

Der Verlag dankt NORLA – Norwegian Literature Abroad
für die Förderung der Übersetzung.

NORLA
NORWEGIAN LITERATURE ABROAD

3. Auflage 2019

Erste Auflage 2019

First published by H. Aschehoug & Co. (W. Nygaard) AS, 2017
Published in agreement with Oslo Literary Agency

Satz: Greiner & Reichel, Köln
Druck: CPI – Ebner & Spiegel, Ulm
Printed in Germany
ISBN 978-3-458-17780-7

~ 1 ~

Hier ist das Ende der Welt. Danach kommt nichts mehr. Ein endloses Meer grenzt an Klippen und Berge, zwei Extreme, die unaufhörlich miteinander ringen, bei ruhigem Wetter wie bei Sturm.

Leichter Schneefall verwischt die Grenze zwischen Himmel und Erde. Um nicht versehentlich über die Kante zu rutschen, stelle ich das Schneemobil samt Anhänger direkt neben einem Felsblock ab. Er ragt groß und schwarz aus der weißen Landschaft und ist hoffentlich auch bei dichter werdendem Schnee leicht wiederzufinden.

Zum Rande des Abgrunds hin fällt der Berg sanft ab. Ich schnalle die Schneeschuhe fest, rücke die Stirnlampe zurecht und richte den Lichtstrahl auf jeden meiner Schritte ins Halbdunkel. Der Wind bläst mir ins Gesicht, und nach ein paar Metern ertappe ich mich dabei, das Lärmen und Rütteln des Schneemobils zu vermissen, das Unvorhersehbare der Natur um mich herum wird mir bewusst; eine jähe Sturmbö, Schneegestöber, zunehmende Kälte. Von einem Vorsprung fünf Meter von der Kante entfernt und direkt neben einer Kluft, die in den Berg hineinschneidet, fällt mein Blick auf einen Felsen, der steil und verwittert aus dem Meer aufragt. Ich kann die charakteristischen Schieferschichten erkennen, schräg stehende Felsregale und Absätze, die sich dicht an dicht über die gesamte Wand hinziehen, und trete einen Schritt näher, beuge mich vor. Tief unten bricht sich das Meer, grauschwarz und in schwerer Dünung. Das Dröhnen ist ohrenbetäubend, konstant; selbst als ich die Hände an meine Ledermütze lege und sie auf meine Ohren presse, dringt der Lärm pulsierend an mein Trommelfell.

Der Fels wirkt leer und verlassen, aber ich weiß, dass sich in den Spalten Eissturmvögel, eine Unterart der Röhrennasen, verbergen können – dass sie sich im Herbst satt fressen, um hier zu überwintern. Ich weiß auch, dass an dieser Stelle im Mai ein gewaltiger Lärm sein wird, von den Schreien Tausender Möwen, Kormorane, Tordalken, Gryllteisten und Trottellummen, und ich weiß, dass ich hier irgendwo über Monate hinweg Temperatur, Luftdruck und Windstärke messen werde, während ich darauf warte, dass die Seevögel vom Meer in die Kolonien an Land kommen.

Ich blicke auf, mustere die Wolkendecke, die tanzenden Schneeflocken, die mir in Wange und Nase stechen. Es ist teilweise bedeckt – oder zu fünf Achteln bewölkt. Das bedeutet einigermaßen freie Sicht und damit Hoffnung auf Kontakt. Ich hole das Satellitentelefon aus der Innentasche meines Anoraks, richte die Antenne zum Himmel und warte auf ein Signal. Als sich minutenlang nichts tut, bewege ich mich ein Stück weiter. Versuche es noch einmal, halte das Telefon senkrecht, suche, suche erneut. So geht es eine Weile, das Telefon hoch in der Luft, laufe ich hin und her, bis zwei Striche auf dem Display erscheinen. Ich ziehe mir die Handschuhe aus, bleibe so still wie möglich stehen und schreibe eine Nachricht: *Bin angekommen. Die Loipe zum Vogelberg ist gespurt. Wetterstation und Niederschlagsmesser werden morgen fertig. Alles o.k. Kuss.* Ich drücke auf senden, mein Daumen ist steif vor Kälte. Die Nachricht verschwindet. Ich sehe die Wörter vor mir: Zerstückelt, in unkenntliche Ziffern und Zeichen zerlegt, steigen sie zwischen den Schneeflocken auf, gleiten durch eine Wolkenlücke und weiter in den Satellitenhimmel, finden ihren Stern, der die Nachricht mit einem Blinken wieder zur Erde sendet. Vollkommen leserlich und verständlich für Jo.

~ 2 ~

Die Schneeleitstäbe, die ich beim Spuren der Loipe eingeschlagen habe, reflektieren das Scheinwerferlicht des Schneemobils und markieren den Weg bergab wie leuchtende Laternen. Die Rückfahrt zur Landenge verläuft unproblematisch, bereits nach einer halben Stunde bin ich angelangt. Am Strand unterhalb der Hütte lagern Proviant, Gas, Benzin und diverse Ausrüstungsgegenstände auf Paletten, abgeladen von dem Kapitän, der mich hierhergebracht und sich mit einem kurzen Nicken verabschiedet hat, gestern am späten Abend. Der Mann redet nicht viel, aber die Vereinbarung ist klar. Alle fünf Wochen wird er mit neuen Vorräten kommen, das nächste Mal am achten Februar.

Mit dem Verschwinden der Bootslichter in der Dunkelheit hinter der Landspitze wurde meine Isolation vom Rest der Welt zur unleugbaren Tatsache. Der nächste Ort ist gut hundert Kilometer entfernt. Im Sommer bräuchte man zu Fuß drei bis vier Tage dorthin, im Winter wäre es, zumindest während der Polarnacht, geradezu unverantwortlich, sich durch das unerschlossene, unwegsame Gelände zu wagen. Sollte ich aus irgendeinem Grund hier wegwollen, wäre der Seeweg die einzige Möglichkeit. Doch die Entfernung macht mir nichts aus. Meine Freude darüber, endlich mit der Arbeit beginnen zu können, und, ja, auch darüber, endlich hier zu sein, siebzig Grad, achtundfünfzig Minuten und sechsunddreißig Sekunden Nord, ist schlicht und einfach größer als die Distanz zwischen dieser Halbinsel und den Menschen, die in den dünn besiedelten Fjorden ringsumher leben.

Im Süden färbt sich der Himmel gelb und rot. Die Sonne kommt wieder, schrittweise werden die Abende länger und die Morgen heller, bis Ende April die Tage miteinander verschmelzen. Der Gedanke richtet mich auf. Im Einklang mit der mich umgebenden Natur werde ich mich entfalten, regelrecht aufblühen.

Im Schnee sind meine Spuren vom Strand bis zur Hütte zu sehen, ich folge ihnen zurück zu den Paletten, hebe die Plastikplane an, streiche mit der Hand über ein paar Kisten. Jähe kleine Wellen schwappen im seichten Wasser, ziehen und zerren am Blasentang zwischen den Steinen. Das Rascheln, ein nasses Geräusch: Ich richte mich auf, spüre, wie die Luft meine Lunge füllt, roh und eiskalt. Worauf warte ich noch? Es wird Zeit, zu beginnen.

Ich habe alles sorgfältig geplant. Wie ich im Einzelnen vorgehen werde. Als Erstes packe ich die Vorräte aus, belade den Anhänger und fahre so oft zwischen Schuppen und Strand hin und her, bis die Paletten leergeräumt sind. Dann verstaue ich den Proviant und die Gerätschaften in den Regalen, bevor ich die Kisten mit den Messinstrumenten auspacke. Sobald alles installiert und an seinem Platz ist, werde ich den alltäglichen Aufgaben nachgehen: das Schneemobil warten, Brennholz reintragen, das Benzin in den Stromaggregaten nachfüllen, Schnee schaufeln und alles in Ordnung halten, nicht zuletzt die Stunden, den Tag, mich selbst. Ich werde mir die anfallenden Arbeiten einteilen, eins nach dem anderen erledigen, das gibt mir eine Struktur, an die ich mich unbedingt halten muss, in einem Alltag ohne andere Verpflichtungen als die, die meteorologischen Daten einzutragen, die Wetterstation und den Niederschlagsmesser zu beaufsichtigen – bis die Seevögel an Land kommen. Das dauert noch etwa drei bis vier Monate. Doch bevor es so weit ist, werden wir uns hier in ein paar Wochen schon zu zweit um alles kümmern.

Der Schnee liegt in hohen Verwehungen um Hütte und Schuppen; gestern Abend musste ich mir einen Weg zur Tür freischaufeln, doch es war nicht übermäßig viel, schon bald konnte ich den Schlüssel ins Schloss stecken und hineingehen. Ein bläulicher Schimmer liegt über der Landschaft, und solange die Dämmerung am hellsten ist, vertiefe und verbreitere ich den Zugang. Als ich damit fertig bin, grabe ich einen Weg zum Schuppen und schaufele auch dort den Eingangsbereich frei. Der Schuppen ist das Einzige, was von den zwei, drei Familien, die hier im achtzehnten und neunzehnten Jahrhundert gelebt haben, geblieben ist. Während der Erkundungstour im vergangenen Frühjahr wurde mir erklärt, dass der Ort nur kurz besiedelt war, aber im Laufe der Jahre immer wieder von Pächtern zu Jagd- oder Fischereizwecken genutzt worden sei. Ich ziehe einen Handschuh aus, fahre mit den Fingern über die Außenwand. Die Bohlen sind rissig und aufgeraut von Wind und Wetter. Die Tür des Schuppens ist mit einem rostigen Haken verriegelt, der leicht herausspringt, dennoch muss ich mich mit dem ganzen Körper dagegenlehnen und drücken, bis sie mit einem scharfen Knirschen nachgibt. Ich gehe hinein und stelle meine Stirnlampe heller. Der Lichtkegel schneidet grell in die Dunkelheit, fällt auf ein einfaches Regal an der Längsseite und Stapel von Brennholz an der Querseite. Ganz hinten befinden sich zwei Stallboxen, die wahrscheinlich einmal für Kühe und Schafe vorgesehen waren, und in einer Ecke stehen ein Schleifstein, eine Axt und eine Mistgabel. Ich lasse den Lichtstrahl der Stirnlampe über die Spuren des vergangenen Alltags wandern, über die Macken und Kratzer im Werkzeug, die Abnutzungen an den Holzbalken der Boxen, und stelle fest, dass der Schuppen größtenteils leer ist und ich meine Sachen hier verstauen kann.

Die L-förmige Hütte mit der schmalen Außentoilette neben dem Eingangsbereich ist auf einem ehemaligen Bootshaus errichtet worden, teilweise aus wiederverwendetem Material der Häuser, die hier früher gestanden haben. Sie ist solide gebaut, aber sehr schlicht und vom Alter gezeichnet. Der Küchenbereich besteht aus einem einfachen Waschbecken und einer grob gezimmerten Anrichte, die mit zerschlissenem Wachstuch ausgelegt ist, und auf der anderen Seite, unter dem langgezogenen Fenster, steht ein Gasherd neueren Datums neben einem wackligen Beistelltisch. Der Wohnbereich ist geräumig, aber sparsam eingerichtet: zwei Schaukelstühle am Holzofen, ein paar Regale, dazwischen ein Gewehr an der Wand, und am Fenster mit Blick auf den Fjord steht ein einfacher Holztisch, groß genug, um daran sowohl zu essen als auch zu arbeiten. Der Verschlag, der als Schlafzimmer dient, ist schmal und nur durch einen Vorhang vom Wohnraum abgetrennt, doch ein Fenster zur Ebene und auf die Landenge hinaus entschädigt für die räumliche Enge. Der Pächter hat die Absprachen genau eingehalten, die Zimmer sind sauber und aufgeräumt, in den Betten liegen neue Matratzen und die alte Küchenausstattung ist um ein paar Töpfe, Gläser und Besteck ergänzt worden.

In den ersten Stunden, im Schein einer Petroleumlampe und bei der schwachen Wärme des Ofens fiel es mir schwer, mir hier drinnen einen Arbeitsalltag vorzustellen, doch am Morgen, im Licht zweier Wandleuchten und mit surrendem Stromaggregat im Hintergrund, sah ich wieder vor mir, wovon ich so lange geträumt hatte: Uns beide, Jo und mich, zusammen in dieser Hütte, er in das Schreiben eines Artikels vertieft, ich über meine Forschungsarbeit gebeugt. Wie wir kurz aufsehen, unsere Blicke sich kreuzen und wir uns die Entscheidung, die wir getroffen haben, verzeihen.

Die Wolkendecke verdichtet sich. Das blaue Dämmerlicht weicht einer umfassenden Finsternis, schon bald ist kein Stern mehr zu sehen. Ich stelle den Spaten ab, klopfe mir den Schnee von den Hosenbeinen. Es ist halb zwei. Der erste Arbeitstag ist zu Ende. Ich gehe in die Hütte, setze mich auf den Stuhl vor dem Ofen, blase in die Glut, lege ein paar Scheite nach. Aus alter Gewohnheit nehme ich das Telefon aus dem Regal, werfe einen Blick auf das Display. Wie ich es mir gedacht habe. Keine Verbindung. Ich lege das Telefon zurück. Ich hätte ihn ohnehin nicht angerufen. Mit dem Strom gilt es sparsam umzugehen, und die Kommunikation über Satellit ist teuer. Die Abmachung ist klar. Nachdem ich ihm per SMS mitgeteilt habe, dass ich angekommen bin, skypen wir am dritten Tag um sechs Uhr, um anschließend abwechselnd zu telefonieren und zu skypen, immer zur selben Zeit an den ungeraden Tagen – soweit der Schnee es zulässt, wohlgemerkt. *Das* ist meine Sicherheit. Wenn ich nicht antworte oder keinen Kontakt mit ihm aufnehme, liegt es entweder an den Wetterverhältnissen oder daran, dass mir etwas zugestoßen ist.

Ich schlafe ein und wache eine Stunde später wieder auf, verwirrt und in völliger Dunkelheit. Noch nicht ganz da, starre ich unverwandt die Ofentür und den Lichtschein aus dem Abzugsventil an, zugleich sehe ich mich von außen, ich werde immer kleiner und kleiner, je mehr ich mir der riesigen Entfernung zwischen mir und denen, die ich zurückgelassen habe, bewusst werde.

~ 3 ~

Sechster Januar. Eiskalte Luft zieht vom Fenster über dem Bett herein. Reflexartig hebe ich die Gardine an und schaue nach draußen. Dort ist natürlich nicht viel zu sehen; an einem Tag so früh im Januar steht die Sonne mehr als zwölf Grad unter dem Horizont. Ich spüre einen Moment lang dem Kontrast zwischen der Kälte an meiner Nase und der behaglichen Wärme unter der Decke nach, dann schwinge ich die Beine über die Bettkante und stelle meine Füße auf den eiskalten Boden. So bleibe ich ein paar Minuten sitzen, den Blick nach oben gerichtet, und versuche eine Einschätzung: Temperatur minus drei, vier Grad. Kein Niederschlag. Leichter Wind aus Südost.
Beim Anziehen muss ich lächeln, ich bin mir sicher, dass das Thermometer und der einfache Windmesser gleich neben der Tür meine Vermutungen bestätigen werden.

Die Ebene ist in Dunkelheit gehüllt, doch im Schein des zunehmenden Mondes kann ich die Wellen erkennen, die mit schaumweißen Spitzen im flachen Wasser heranrollen, die Steine am Strand umspülen und sich dann mit einem bleichen, metallischen Schimmern zurückziehen. Ich befestige den Anhänger am Schneemobil, lege den Mast für die automatische Wetterstation hinein und anschließend die Messausrüstung, Spannseile sowie den Datenlogger und zum Schluss die Gefäße für den Niederschlagsmesser und die Frostschutzmittelmischung, Schneeschuhe, einen Spaten und Schaufeln, einen Kanister Benzin. Bevor ich die Plane festzurre, prüfe ich noch einmal, ob die Ausrüstung gut verstaut ist. Ich möchte auf keinen Fall riskieren, dass sie in einer steilen Kurve, durch Schlaglöcher oder Unebenheiten im Boden beschädigt wird. Ich überprüfe auch, ob der Notrufsender, Getränke und Proviant leicht zugänglich in der Gepäckbox unter dem Fahrersitz liegen, und als letzte Sicherheitsvorkehrung streiche ich mir mit den Händen über die Innentaschen, um mich zu vergewissern, dass das Satellitentelefon, GPS und Ersatzbatterien für die Stirnlampe an ihrem Platz sind. *Vorbereitung und Vorsicht* ist mein Mantra für diese Tour und für meinen Aufenthalt insgesamt. Und nachdem ich alle Verhaltensregeln durchgegangen bin, fühle ich mich für meine vielleicht wichtigste Fahrt zum Vogelfelsen gerüstet. Ich werfe einen kurzen Blick zum Himmel. Er ist zu sechs Achteln bewölkt, für Schneeschauer gibt es aber keine Anzeichen. Die Sicht ist klar. Ich kann fahren und auf das vertrauen, was ich sehe.

Große Teile der Loipe sind vom Wind zugeweht, der unablässig über das Plateau fegt. Ich orientiere mich an den Leitstäben, fahre mit gleichbleibender Geschwindigkeit, muss jedoch beschleunigen, wenn es über losen Schnee und Verwehungen geht, und bergauf muss ich mehrmals aufstehen und der Maschine extra Schwung geben, damit sie greift und wir nicht wieder hinabrutschen. Endlich auf dem Plateau angekommen, schießen die Scheinwerfer und das Licht meiner Stirnlampe in die Landschaft, mal in verschiedene Richtungen, dann wieder kreuzen sie sich beinahe und bestätigen, wie unendlich weit und einsam es hier draußen ist. Ich vermeide es, den Lichtkegeln zu folgen und mich umzuschauen, konzentriere mich ganz auf die reflektierenden Stäbe, eine Andeutung meiner Spur vom Vortag, bis ich die Felsblöcke wiedererkenne und endlich anhalten und den Motor ausschalten kann. Schweiß rinnt mir den Rücken hinunter. Mein Gesicht ist starr vor Kälte. Ich kann nicht anders, öffne den Reißverschluss meines Overalls, ziehe die Handschuhe aus und presse die Hände an Wangen, Stirn und Nase. Spüre sekundenlang die brennende Wärme meiner Handflächen auf der Haut, den eiskalten Windstoß durch meinen Wollpullover über Bauch, Schultern, Brüste.

Den automatischen Niederschlagsmesser sowie die Spannseile der Wetterstation haben wir bereits bei der Erkundungstour im letzten Frühjahr montiert, die Platzierung sorgfältig berechnet. Jetzt muss ich den Punkt per GPS wiederfinden und die Installationen der Geräte abschließen, dann wird sich mit der Zeit herausstellen, ob dieser Standort für die Messung von Niederschlag, Temperatur, Luftdruck, Luftfeuchtigkeit und Wind tatsächlich optimal geeignet ist. Die vielleicht wichtigste Variable, die Meerestemperatur, wird per Satellit auf meinen Computer übertragen, und zwar von einer Boje aus, die unmittelbar vor mir im Wasser verankert ist.
Die charakteristischen Landmarken, die ich mir bei der Tour im Frühjahr eingeprägt habe – ein Abhang, ein Höhenzug –, sind in den Schneeverwehungen, die sich über der windgepeitschten Landschaft gebildet haben, verschwunden. Ich tippe die Koordinaten ein, und während ich den Punkt anvisiere, den das GPS mir gibt, überkommt mich tiefe Zufriedenheit. Die Aufgabe, die ich mir gestellt habe, ist klar und konkret, ich muss mich nur auf Fakten konzentrieren. Diagramme, steigende und fallende Säulen, Einheiten, Mengenangaben, gemessen in Hektopascal, in Metern pro Sekunde, Prozent und Grad Celsius. Die klare und messbare Sprache der Phänomene – das ist es, was ich brauche. Eine Sprache, die unerschütterliche Tatsachen schafft, keine stummen, vagen Ahnungen. Einen Wind, der sich in Stundenkilometern messen lässt, kann ich analysieren und bis zu einem gewissen Punkt verstehen, im Gegensatz zu Gefühlen, die sich jeglicher objektiven Messbarkeit entziehen.

Ich gehe in einigem Abstand an der Kluft vorbei und dann weiter über einen breiten Felsrücken, der sich bis zu den verwitterten Klippen erstreckt. Hier, auf dem höchsten Punkt, schlägt der Wind mächtig zu, er fegt mir so hart ins Gesicht, dass ich nach Luft schnappe. Ich trete auf verharschten Schnee, bewege mich in meinen Schneeschuhen Schritt für Schritt über das Plateau in Richtung des Südhangs. Es ist nicht weit, doch ich muss mehrfach anhalten und mich umsehen, bis das GPS mir anzeigt, dass ich die richtige Stelle gefunden habe. Ein oder zwei Sekunden lang fehlt mir die Orientierung. Es gibt keinerlei Anhaltspunkte, überall ist nur Schnee und Himmel und Meer, aber als ich die Hand an die Stirn lege und ins Weiße starre, sehe ich den Windschutz des Niederschlagsmessers gleichsam über den Schneeverwehungen schweben.
Im Norden ist der Horizont eine langgezogene Wölbung ohne Anfang und Ende, und während das Meer sanft zwischen fernen Kontinenten und den Vogelklippen wogt, grabe ich die Befestigungspunkte der Wetterstation aus, spanne die Masten mit den Seilen fest, schließe die Sensoren und die Batterie an, um dann den Schnee zu entfernen, der sich auf den Niederschlagsmesser gelegt hat, und den Messbecher mit dem Frostschutzmittel anzubringen. Es ist harte Arbeit, doch am Ende ist alles montiert und mit dem Computer verbunden, und zwar an genau der Stelle, die mir der Satellit angegeben hat, die aber ich berechnet habe. Der Anblick ist überwältigend. Hier sind wir. Ich und die Elemente in der Welt. Vereint.

Viele Jahre habe ich darauf gewartet, meine Doktorarbeit fertig zu schreiben und zum Dr. phil. Nat. promoviert zu werden. Alles ohne Unterstützung durch einen Doktorvater oder ein Graduiertenkolleg, sondern auf eigene Faust. Ich habe jeden Arbeitsschritt selbst geplant und durchgeführt, sämtliche bisherigen Ergebnisse alleine erarbeitet. Die Freiheit, die ich genieße, ist enorm, die Verantwortung allerdings auch. Meine Forschungstätigkeit, die Feldarbeit hier, wird von verschiedenen Stiftungen finanziert. Ich bin überzeugt, dass ich mit meinen wissenschaftlichen Ergebnissen, wenn ich sie mit Datenserien von vor zwanzig, dreißig Jahren vergleiche, Zusammenhänge nachweisen kann, die bisher noch nicht ausreichend dokumentiert worden sind. Genauer gesagt: Meine Studie wird einen wichtigen Beitrag zum Verständnis dessen liefern, wie sich atmosphärische Verhältnisse auf die Wanderung der Seevögel in die Kolonien auswirken sowie auf den Zeitpunkt ihres Brutstarts, und darüber hinaus dessen, welche negativen Auswirkungen der Klimawandel auf die Seevogelbestände hat. Die Dreizehenmöwe zum Beispiel steht auf der Roten Liste und gilt als stark gefährdet. Ihr Brutbestand hat sich über die Jahrzehnte um achtzig bis neunzig Prozent verringert, und wenn man die schwindende Population der Seevögel als Indikator für die Größe der Nahrungsbestände im Meer nimmt, ist dieser Niedergang besorgniserregend. Das ist der Grund, weshalb ich hier bin, in der Nähe der Vogelklippen, auf diesem nördlichen, äußersten Zipfel des Festlands, mitten im Winter, ganz allein. Deshalb bin ich aufgebrochen und habe für die kommenden Monate alles andere zurückgelassen, weil die Kartierung der meteorologischen Parameter über einen längeren Zeitraum von wesentlicher Bedeutung ist. Ich habe mir das jetzt so oft gesagt, dass ich tatsächlich daran glaube.

Wieder an der Hütte angelangt, bleibe ich auf dem Schneemobil sitzen, während ich mit klammen Fingern die Innentasche öffne und zum dritten Mal an diesem Tag das Satellitentelefon checke. Endlich. Eine Antwort von Jo. Aber auch eine Nachricht von S. Ich öffne Jos: *Schön, dass Du angekommen bist und alles okay ist. Sehen uns morgen beim Skypen. Kuss.* Ich lese die Nachricht mehrmals, dann stecke ich das Telefon

wieder ein. Ich bin noch nicht bereit, die andere zu lesen. Ich muss mich erst rüsten. Mich unangreifbar machen. Stark.
Einen Moment bleibe ich so sitzen, lausche den Wellen, ihrem Plätschern am Ufer, dem vom Meer unaufhörlich hereinkommenden Wind, aber auch der Stille im dichten Schnee ringsumher. Erinnere mich an die Geräusche hier im Frühjahr. Das Rascheln des Grases im Wind, der über die Ebene strich, das Zittern der Büsche und Sträucher, als ich dem Gesang eines Blaukehlchens neben einem Felsen folgte. Ich ging ganz nah heran, und es zwitscherte ungerührt weiter, wippte mit dem Schwanz, warnte mich mit einem scharfen *tack, tack, tack,* gefolgt von einem weichen *tuit, tuit, tuit.* Als ich so nah war, dass ich nach ihm hätte greifen, es anfassen können, flog es auf und flatterte um meinen Kopf herum, immer im Kreis. Es versetzt mir einen Stich, wenn ich daran denke. Wie mutig dieser kleine Vogel war. Sein Nest, die Eier waren wahrscheinlich ganz in der Nähe.
Es ist kurz vor eins. Ich gehe hinein, schlüpfe aus dem Oberteil meines Overalls und lasse es um meine Taille baumeln, während ich an der Anrichte eine Apfelsine esse. Anschließend ziehe ich mich wieder an, gehe hinaus, ziehe die Stirnlampe über die Ledermütze und schnalle mir die Schneeschuhe an. Mit Hilfe der Stöcke stiefele ich über Schneewehen und scharf verharschte Kanten, bis ich oben auf dem Berg hinter der Hütte angekommen bin. Von hier aus kann ich in der blauvioletten Dämmerung und im Lichtschein des Mondes erkennen, wie sich der Fjord beidseits der Halbinsel ins Land erstreckt. Die Landschaft ist rau, nackt und vom Wind gezeichnet. Kein Baum, kein Gebüsch ist zu sehen. Die Ebene selbst ist von Bergkuppen und Hügeln umgeben, die die härtesten Windstöße abhalten, vor allem jetzt, im Winter. Hütte und Schuppen dagegen liegen ungeschützter, am äußersten Ende und direkt am Fjord, dafür mit freiem Blick nach allen Seiten.
Wie ich so dastehe, erkenne ich die Nuancen in der Land-

schaft immer besser; die Vertiefungen im Schnee, Senken, angedeutete Schatten; schwach zeichnen sich die viereckigen Grundrisse der Häuser ab, die hier einmal gestanden haben. Mich überkommt Ruhe, eine Art Geborgenheit, und vielleicht ist genau das der Grund, weshalb ich hier hochgestiegen bin. Um es mit eigenen Augen zu sehen, mich davon zu überzeugen: dass dieser Ort einst von Menschen bewohnt war.

~ 4 ~

Siebter Januar. Meine Erwartungen an das Skype-Gespräch mit Jo später am Abend steigen parallel zur Sorge vor möglicher Wolkenbildung im Laufe des Tages. Mehrmals trete ich vor die Hütte, suche den Himmel nach Anzeichen ab, dass es sich zuziehen könnte. Von meinem Standpunkt aus sieht es vielversprechend aus. Dasselbe gilt für den Wetterbericht, auch wenn er nicht die Gegend hier, sondern die Siedlungen im Inneren des Fjordes abdeckt.

Beobachtung gegen Mittag: Vier Achtel des Himmels sind von hauchdünnen, faserigen Federwolken mit seidenweicher Oberfläche bedeckt.
Beobachtung um zwei: Zwei Achtel sind von Federwolken bedeckt.
Beobachtung um halb sechs: Der matte Umriss des zunehmenden Mondes ist unter dünnen Schleierwolken gut zu erkennen.

Zwischendurch schaufele ich Schnee, verbreitere den Weg von der Hütte zum Schuppen und erweitere den Parkplatz für das Schneemobil. Im selben Maße wie die Sorge vor Wolkenbildung und mangelnder Satellitenverbindung schwindet und die Schneeverwehungen um mich herum weniger werden, nimmt das bevorstehende Gespräch immer mehr Raum in meinen Gedanken ein. Wie es sich wohl entwickeln wird. Oder genauer gesagt: Was ich ihn fragen werde und was er mir antworten wird. Und während ich noch die letzten Ausrüstungsgegenstände aus den Kisten räume und auf die Regale verteile: wie er wohl sein wird, wie er mich ansieht, wenn er mir zuhört und wenn er spricht. Ob er wohl eher zögerlich ist, das Gesicht in den Händen vergräbt, wegsieht oder schweigt? Ach Jo, ich kenne mich genau; ich werde jeden Satz, jede Regung in deinem Gesicht analysieren, auf der Jagd nach dem, was du eigentlich meinst, ob du irgendetwas vor mir verbirgst. So ist es schon immer gewesen. Es ist etwas an ihm, aus dem ich nicht klug werde. Eine innere Spannung, die die Kommunikation zwischen uns auflädt und sich nicht lösen lässt. Warum sollte es heute anders sein?

Weil es so und nur so angemessen wäre. Dass er klar und mit mir solidarisch ist, Willensstärke zeigt. Immerhin habe ich die Entscheidung schon getroffen, vor der er sich noch drückt. Mein Kind zurückzulassen, Lina. Das nimmt ihn in die Pflicht, finde ich. Ja, ich erwarte, dass er dasselbe tut. Dass er seine Tochter Maria verlässt für diese drei, vier Monate, um mit mir zusammen zu sein.

Um Viertel vor sechs setze ich mich an den Tisch, schließe das Satellitentelefon an den Computer an und suche nach einer Verbindung, richte die Antenne aus. Nach einigen Minuten erscheint ein Strich auf dem Display. Nicht genug, und so trage ich den Computer samt Telefon in den Küchenbereich.

Hier suche ich erneut nach einem Signal, und an der Anrichte werden mir endlich zwei Striche angezeigt. Ich zögere, immer noch unsicher, sehe mich um und begegne meinem Blick im Spiegel über dem Waschbecken. Ich fahre mir schnell durchs Haar, befeuchte zwei Finger und streiche mir damit über die Augenbrauen, beiße mir auf die Lippen, beiße, bis sie rot und geschwollen sind. Ich überlege, ob er das sehen will. Meine Lust. Das, was auf uns wartet.

Das Licht des Bildschirms fällt in den dunklen Raum. Der Kontrast zwischen dem Primitiven und der Zivilisation, der Hütte und der technologisierten Welt, wird auf einmal sehr

greifbar, und als ich Jo anrufe, überwältigt mich ein intensiver Stolz auf alles, was schon geschafft ist, und vor allem eine Vorfreude auf das, was kommen wird, auf die Zeit, die wir zusammen hier draußen verbringen werden.
Sein Haar ist zerzaust. Bestimmt ist er mit den Händen hindurchgefahren, kurz bevor ich angerufen habe, das tut er oft, wenn er ungeduldig ist, gestresst. Angst breitet sich in mir aus, ein eisernes Band rund um den Solarplexus, doch als er lächelt und seine Augen schmal werden und sich dieses schöne Leuchten darin zeigt, sehe ich mich selbst in der Ecke des Bildschirms zurücklächeln, und als er sich vorbeugt und sagt, die frische Luft habe mir offensichtlich gutgetan, spüre ich, wie die Spannung nachlässt. Froh und voller Wärme berichte ich über meine ersten Fahrten zum Vogelfelsen, ich beschreibe den Wind, die raue Energie und wie ich mich ihr gewachsen fühle, meine eigene Kraft spüre, und ich beschreibe das Licht, zerbrechlich wie dünnes Glas, wie die schneebedeckte Weite und die Luft zu einem unendlichen Himmelsraum über dem Plateau verschmelzen. »Man sieht kaum einen Unterschied«, sage ich und sehe mich selbst die Hände ausstrecken, die Finger krümmen, als wäre es möglich, es zu begreifen, dieses Gefühl der Unendlichkeit hier draußen. »Wart's ab«, sage ich ohne Pause, »du wirst es lieben, alles hier.«
Ich richte mich auf, hole tief Luft. Er sieht mich an, und so verharrt er mehrere Sekunden, kühl, distanziert, bis ich begreife, dass das Videobild eingefroren ist. Ich sage ihm, »die Verbindung rauscht, du bist ganz starr«, und dann rede ich weiter, setze das Gespräch fort, doch mit einer Stimme, die plötzlich angestrengt klingt, sein starrer Ausdruck mir gegenüber.

Ich: Wie geht es Maria?
Jo: Sehr gut. Wir waren ein paarmal Skilaufen.
Ich: Oh, toll.

Jo: Ja, es macht ihr richtig Spaß. Gestern ist sie zwei Kilometer gelaufen.
Ich: Dann hast du sie jetzt wohl öfter? Bis du fährst?
(Steht das Bild immer noch still oder ist er wieder da? Ist es ein Lichtspiel, das ich da sehe, ein vages Flackern in seinem Blick?)
Ich: Du hast noch immer keine klare Absprache mit Gry getroffen.
Jo: Ich kann nicht weg, bevor ich nicht weiß, dass es meinem Kind gutgeht, das ist einfach so.

Meinem Kind. Er sagt das so liebevoll, so selbstverständlich. Als wäre seine Liebe zu Maria größer, ernsthafter als meine zu Lina. Oder als ob meine Fähigkeit, mich um ein Kind zu kümmern, schwächer wäre, minderwertiger als seine. Vielleicht ist es tatsächlich das, was er mir sagen will. Man nimmt den Abschied von seinem Kind nicht auf die leichte Schulter. Vielleicht spüre ich aber auch nur mein eigenes Gewissen. Ein Schuldgefühl, zu dem ich mich nicht verhalten kann und will.

Jo: Du. Müssen wir das Gespräch so beenden. (Das Bild wackelt, seine Mimik verändert sich ruckartig; ich ertappe mich dabei, seine volle Unterlippe zu betrachten, die schiefen Zähne, die nach und nach zum Vorschein kommen, bis das Bild wieder einfriert und er mich mit halbgeschlossenen Augen ansieht.)
Ich: Nein, entschuldige bitte. Ich freue mich nur schon so darauf, wenn du kommst.

Nachdem wir uns verabschiedet haben, schalte ich den Computer noch nicht aus, obwohl er viel Strom verbraucht, sondern lasse den Bildschirm aufgeklappt weiterleuchten, während ich in den Schlafbereich gehe und mich hinlege. Ich möchte das Gefühl, erreichbar zu sein, nicht verlieren und stelle mir vor, die Signale würden weiter wie ein unsichtbares Band zwischen Hütte, Himmel und seinem Haus schweben. Und doch: Als ich die Augen schließe, ist es Linas Bild, das ich heraufbeschwöre. Ihr dünnes, feines Haar, das so leicht verklettet, ihr Lächeln, ihre weichen Wangen und abstehenden Ohren, der überraschte Ausdruck in ihrem kleinen Gesichtchen, wenn ich sie bei S. abhole. Doch als der Schlaf kommt und mein Bewusstsein loslässt, ist es Jo, den ich sehe, sein Gesicht, immerzu.

~ 5 ~

Achter Januar. Zwischen Landkarten und Taschenbüchern habe ich eine heimatgeschichtliche Broschüre über eine der Siedlungen in den nördlichsten Fjorden entdeckt, und während des Kaffeetrinkens beim Frühstück blättere ich zerstreut darin herum. Bei einem Artikel, in dem es um den Vogelfelsen und die Gegend hier im achtzehnten und neunzehnten Jahrhundert geht, halte ich inne. Aufmerksam lese ich die kurze Zusammenfassung der Geschichte des Ortes, Beschreibungen der täglichen Verrichtungen, der Arbeit und des Alltagslebens sowie eine kurze Auflistung der Menschen, die zu dieser Zeit hier draußen gelebt haben. Im letzten Teil geht es um eine Familie, die achtzehnhundertsiebzig von einem Brand heimgesucht wurde: Olaf und Borghild Berthelsen, ihre fünf Töchter sowie ihr kleiner Sohn, Niels. Ganz am Ende heißt es, dass der Brand fatale Folgen gehabt habe und ein Jahr später in einer Tragödie endete. Warum und auf welche Weise, wird allerdings nicht erwähnt.

Ich schiebe meinen Teller beiseite, nehme das Heft und lese mehrfach hintereinander diesen kurzen Abschnitt, der so viel Drama in sich birgt, und als ich fertig bin, stehen mir die Bilder so lebendig vor Augen, dass ich in der Spiegelung des Fensters die Ereignisse vor mir sehen kann, die sich auf der Ebene direkt vor meiner Haustür abgespielt haben. Die kleine Menschenschar, die sich unter dem nachtschwarzen Himmel im Schnee versammelt hat; Borghild Berthelsen, die ihre Kinder zählt, eins nach dem anderen in der rotglühenden Hitze der zerstörerischen Flammen.

Ich lege das Heft weg, stehe auf und gehe zur Küchenzeile. Schöpfe geschmolzenen Schnee in den Kessel, schalte das

Gas ein und koche Wasser für den ersten Abwasch seit meiner Ankunft. Zwei Gläser, eine Tasse, etwas Besteck und ein paar Teller, die ich in einem Topf abspüle und auf einem Küchenhandtuch abtropfen lasse. Meine Hände werden in dem heißen Wasser ganz schrumpelig, weiß und verquollen heben sie sich von den glatten Oberflächen ab, und ich stelle mir vor, wie hart der Alltag damals gewesen sein muss, vor allem im Winter. Windeln waschen und Essen zubereiten, die Verantwortung für Haushalt, Kinder und Tiere; wunde, trockene Finger auf grobem Stoff, rissigem Holz und rauen Oberflächen, dieser ständige Wechsel zwischen Hitze und Kälte. Eine endlose Plackerei in ewiger Dunkelheit, weit draußen am äußersten Ende der Welt.

Ich wasche mir das Gesicht, putze mir die Zähne und binde mein Haar zu einem Pferdeschwanz, dann ziehe ich mich an. Als ich anschließend meinem eigenen Blick im Spiegel begegne, versuche ich, sie vor mir zu sehen, Borghild Berthelsen, die hier vor mehr als einhundertvierzig Jahren gelebt hat. Wahrscheinlich war sie in meinem Alter, aber schon erschöpft und ausgezehrt von den vielen Geburten, sechs insgesamt. Ich stelle mir ein hartes Gesicht vor, durchsichtige, blasse Haut, magere Hände, die Nägel teilweise blau und mit schwarzen Rändern. Oder konnten ihr die Geburten und die viele Arbeit nichts anhaben? War sie eher klein und zupackend, zäh und stark? So wie ich? Ich ziehe Jacke, Handschuhe und Ledermütze an und kann nicht damit aufhören, sie in meinen eigenen Bewegungen wahrzunehmen, wie sie eines Morgens im Januar die Tür öffnet, hinausgeht, den Geruch des Meeres einatmet und spürt, wie ihr die Kälte in die Wangen beißt. Ich sehe sie in einem schweren, groben Wollrock über den Schnee laufen, einen Schal um die Schultern gelegt, wie sie in den Schuppen geht und mit einem Arm voll Holz wieder herauskommt, wie sie, so wie ich, ins Haus zurückkehrt und die Scheite in einen Korb neben dem Ofen legt. Und als ich

die Ofentür öffne und etwas Holz nachlege, stelle ich mir vor, dass sie genauso davorgehockt hat, auf den Knien, und in die Glut geblasen hat, bis die Rinde Feuer fing.
Eine kräftige Flamme. Das Feuer lodert. Ich richte mich auf. Sehe mich um, ein wenig benommen von der Lebendigkeit und Sinnlichkeit der Bilder. Ich muss damit aufhören. Wenn ich die Einsamkeit ertragen will, bis Jo kommt, darf ich mich nicht in die Gesellschaft von Menschen aus längst vergangenen Zeiten begeben.

~ 6 ~

Meteorologie. Die Wissenschaft, in der Wetterphänomene, Stürme und polare Tiefdruckgebiete anhand von physikalischen und mathematischen Modellen erklärt werden. Und vor allem: in der mittels der Summe der Beobachtungen und Messwerte in Kombination mit diesen Modellen das Wetter bereits Tage im Voraus prognostiziert werden kann. Ich stehe am Küchenfenster und sehe zu, wie der Wind weiß und kompakt über die Ebene fegt. Mit dem Finger wische ich den Reif von der Scheibe und sage laut, aber heiser, da ich mehrere Tage nicht gesprochen habe, zu mir selbst: »So sollte es auch mit Wut und anderen Empfindungen sein. Sie sollten messbar sein. Vorhersagbar. Wie in der Meteorologie.«

Ziellos streife ich durch meine beiden Zimmer, öffne Schranktüren und Schubladen, bleibe zum wiederholten Mal vor dem Bücherregal und den Zeitschriften stehen und schließlich auch vor dem Gewehr. Ich nehme es von der Wand, lege es an, den Zeigefinger am Abzug, stelle mich ans Fenster und ziele auf mein Spiegelbild. Ein Schauer läuft mir über den Rücken, ich nehme die Waffe wieder herunter, streiche vorsichtig über Kammer und Lauf und stelle fest, dass es sich um ein rostfreies, wahrscheinlich wenig benutztes Jagdgewehr handelt. Einem Impuls folgend, durchsuche ich die Hütte ein weiteres Mal, diesmal auf Munition. Ganz hinten in der Anrichte finde ich drei Schachteln, insgesamt sechzig Patronen, und nehme mir vor, an einem klaren, milden Tag Probe zu schießen. So etwas macht mir Spaß. Ich habe die Jagdprüfung abgelegt und war eine Weile Mitglied in einer Jagdmannschaft, zusammen mit meinem Ex, S.

Ich setze mich an den Arbeitstisch, starre in die Luft und merke, wie ich immer rastloser werde, ich fange an, mit den Fingern auf der Tischplatte zu trommeln. Diese Haltung und das zerstreute Klopfen erinnern mich unwillkürlich an meinen Geburtstag vor ungefähr einem Jahr, als ich S. sagte, dass ich mich von ihm trennen wolle. Wir saßen uns am Esstisch im Wohnzimmer gegenüber, Lina in ihrem Hochstuhl zwischen uns. Auch damals habe ich so dagesessen, rastlos, zerstreut, eine Gabel zwischen den Fingern; immer wieder stach ich damit in ein Stück Schokoladenkuchen, bis der ganze Teller voller Krümel war. Ich hatte nicht vorgehabt, es ausgerechnet an diesem Tag zu sagen. Es lag an den Umständen und daran, wie der Abend sich entwickelt hatte. Was in dem engen Zimmer getan und nicht getan, gesagt und nicht gesagt worden war. Deshalb sprach ich es einfach aus, während Lina, knapp zwei Jahre alt, damit beschäftigt war, eine Seite in ihrem Bilderbuch umzublättern: »Ich will nicht mehr. Ich möchte, dass wir uns trennen.«

Der Kuchen auf dem Tisch wurde immer größer, die Glasur schwitzte in der Wärme der Teelichter. S. hatte ihn am Abend zuvor aus einer Backmischung zubereitet, das Einzige, was er hinzugefügt hatte, waren geschmolzene Butter und etwas Wasser. Und genau das war der Punkt. Wie stolz er gewesen war. Meine zur Schau gestellte Freude entsprach der Glasur: obendrauf geklatscht, glatt und künstlich, während innendrin alles trocken und spröde war. Ein Ersatz für die Freude, die uns beiden fehlte. Zumindest dort, in diesem Haus, in dem Abstand zwischen unseren Tassen und Tellern, jedes Gedeck für sich stehend. Denn so weit war es gekommen. Alle Dinge in unserer Umgebung standen allein. Wörter und Sätze sowie Stühle und Kissen verhielten sich zueinander wie unsere Körper im Bett: möglichst weit voneinander entfernt in einer konstruierten Nähe. Ich hob Lina aus dem Stuhl und setzte sie mir auf den Schoß, wie um sie gegen das zu wappnen, was ich jetzt sagen würde. Doch sie lächelte mich an, als ich fortfuhr: »Ich habe mich in einen anderen verliebt.«

Ich stehe vom Arbeitstisch auf. Noch immer bläst es draußen. Die Loipe zum Vogelfelsen ist zugeschneit, und in dem heftigen Schneegestöber würde man die Leitstäbe kaum erkennen. Ich kann also ruhig drinnen bleiben, aber in spätestens ein paar Tagen muss ich die Daten ablesen. Regelmäßiges Überprüfen ist wichtig, die Wetterverhältnisse können sowohl die Signale als auch die Messungen beeinflussen. Schnee und Eis können den Niederschlagsmessbecher zudecken und Temperatur- und Feuchtigkeitsmesser einkapseln, der Windmesser kann festfrieren und selbst eine steife Brise von dreizehn Metern pro Sekunde kann schon die Sensoren beschädigen. Ich kontrolliere das Barometer. Tiefdruck. So schnell wird sich der starke Wind nicht legen. Ich kann nur abwarten. Noch während ich das denke, höre ich, wie der Wind einen losen Gegenstand packt, wahrscheinlich ein Stück Dachpappe, es klatscht und schlägt immer wieder gegen den Giebel, dann ist es plötzlich still. Mit S. war es anders. Er hörte nicht wieder auf, schlug auf den Tisch, gegen Türen und Wände, hart und mit geballter Faust, über viele Wochen, vor allem, nachdem ich klargemacht hatte, dass ich mich nicht umstimmen lassen würde, dass es kein Zurück gab. Lina war meistens dabei. Sie zuckte zusammen, steckte die Finger in den Mund und starrte uns mit großen, ängstlichen Augen an, denn auch ich schlug auf den Tisch und brüllte, dass er ja wohl keine Rücksicht von mir verlangen könne, wenn er selbst keine nähme. Unser Zuhause wurde zu einem Unwettergebiet. Wir waren wie zwei ebenbürtige Sturmzentren, jeweils in einer Hälfte des Hauses kreisend, rasend und wütend, bis wir uns in der Mitte trafen und nach einem gewaltsamen Zusammenstoß wieder in unterschiedliche Richtungen abbogen. Eine Art Corioliseffekt, in dem Meeres- und Luftströmungen sich auf der Nordhalbkugel nach rechts und auf der Südhalbkugel nach links drehen.

So ein Zusammenstoß begann oft folgendermaßen: Ich flüchtete ins Schlafzimmer und schloss die Tür ab. Er folgte mir, stand vor der Tür und atmete, rüttelte an der Klinke, trat gegen den Türrahmen, verlangte, dass ich aufmachte und ihn einließ. Nach einer Weile öffnete ich, damit er sich beruhigte, nicht zuletzt wegen Lina. Er stürmte ins Zimmer, packte mich und warf mich aufs Bett. Dann drückte er mich mit seinem ganzen Gewicht nach unten, einen Arm über meinem Brustkorb, während er mit der anderen Hand an meinen Kleidern zerrte. Ich schnappte nach Luft, versuchte, mich zu befreien, und dank einer Kraft, die von ganz innen kam, gelang es mir, den rechten Arm freizubekommen, auszuholen und ihm ins Genick zu schlagen. Mit einem heiseren Wimmern ließ er von mir ab, rollte auf seine Seite des Bettes und ich auf meine. So blieben wir liegen und schluchzten eine Weile, bis wir uns wie zwei waidwunde Tiere wieder jeder in seine Hälfte des Hauses verkrochen.

~ 7 ~

Ich sitze am Fenster, die Füße auf dem Holztisch und eine Tasse Kaffee auf dem Schoß, halb angezogen, in Wollunterwäsche. Noch immer habe ich keine Laterne oder Wandleuchte angezündet, es ist nicht nötig, denn im Laufe der letzten Tage haben meine Augen sich an den schwachen Wechsel zwischen der allumfassenden Dunkelheit draußen und dem spärlichen Licht hier drinnen gewöhnt.

Ich glaube außerdem, dass ich klarer sehe, dass ich das, was ich denke, leichter visualisieren kann, wenn ich von der zivilisierten Welt abgeschnitten bin. Elektrizität, Computer und Satellitentelefon stören dabei nur.

Ich kann es nicht lassen, muss erneut an die Vergangenheit denken, an ihn und sie, Borghild und Olaf, dass sich hier auf der Ebene, in den Vertiefungen, die sich kaum sichtbar im Schnee abzeichnen, ihre Geschichte abgespielt hat. Hundertvierzig Jahre sind eine lange Zeit, dennoch geht ein Sog von dem aus, was die heimatgeschichtliche Broschüre beschreibt, von den Skizzen über den Beginn ihres Lebens hier, die Bilderreihe, die durch zwei, drei Sätze vor meinen Augen entsteht: *Gleich nachdem sie geheiratet hatten, zog er in den Fischerort hinaus, wo sie sich niederlassen wollten, und baute ein Haus und einen Stall in Blockbauweise. Das Land rodete er als Weideland für ein Pferd, ein paar Kühe und Schafe.*

Erst ein paar Monate später folgte sie ihm, die Reise war lang und beschwerlich. Zunächst mit dem Dampfer, dann mit Pferd und Wagen und dann wieder mit einem Boot, einem Rahsegelfrachter, über den Fjord. Wahrscheinlich war sie nicht älter als neunzehn, zwanzig, und noch nie allein so weit von zu Hause weggefahren. Vielleicht war sie in einem kleinen Ort mit Straßen und Pferdedroschken aufgewachsen und mit Läden, in denen man feinen Wollstoff und Baumwolle für Kleider kaufen konnte, ebenso wie Zucker, gesalzene Heringe und Kartoffeln. Nicht so wie hier auf der äußersten Landspitze, wo sie Spinnen und Weben lernen musste und die karge Erde beackern, wo eine Bootsfahrt zum nächstgelegenen Ort mehrere Stunden dauerte.

Ich sehe es aus der Vogelperspektive: ihre Reise an der Küste entlang, Borghild steht an der Reling, den Blick auf das Land gerichtet. Den Bug, der das Wasser zerteilt, Wellen, die hochschlagen und sich brechen wie die Flügel eines Seevogels im Gleitflug, direkt über der Meeresoberfläche. Und ich sehe ihn, Olaf, den Nestbauer, viele, viele Seemeilen entfernt, der den ganzen Frühling an dem Blockhaus gearbeitet hat, Balken für Balken, während er an sie gedacht hat und an die Kinder, die sie bekommen würden, die Freude und die Wärme, die die Zimmer erfüllen würde, die er so hoffnungsvoll mit dem feinsten Moos abdichtete. Und später, im Sommer, als das Haus und der Viehstall fertig sind: Wie er über niedriges Gebüsch und hohe Grashalme hinweg den Rahsegelfrachter mit seinen weißen Segeln über den Fjord kommen sieht. Mit einem raschen Blick kontrolliert er noch einmal Fensterbänke, Treppe und Geländer, ob sie solide genug sind, schön genug, dann fährt er sich mit den Fingern durchs Haar, richtet den Hemdkragen und den Strick, der seine Hose zusammenhält. Das Boot gleitet in die langgestreckte Bucht hinein, er watet barfuß in das eiskalte Wasser; sein Ärmel ist nass, als er ihr die Hand entgegenstreckt, ihr, die an der Reling steht und wartet. Er trägt sie den ganzen Weg zur Ebene hinauf; ihre Schnürstiefel wippen unter dem Rocksaum, der sich aufbauscht und vom Wind angehoben wird, als sie zum ersten Mal den Fuß auf das grünspanfarbene Gras setzt. Sie zupft sich das Mieder zurecht, lächelt ihn vorsichtig an, er bietet ihr den Arm, und so gehen sie gemeinsam zum Haus, die

Treppe hoch, durch die Tür in die Zimmer voller Kieferduft und Tropfen von frischem Harz in den Astlöchern. Und dann, während die Seevögel vom Vogelfelsen auffliegen und wieder zurück und der Himmel über ihnen von der Winterdunkelheit zum Sommer mit seiner bleichen Mitternachtssonne übergeht, treffen sich die beiden jede Nacht unter Schaffelldecken in inniger Umarmung, wieder und immer wieder. Seine Hände auf ihrem Bauch, dem Leben, das nun darin wächst. Ausziehbetten, die mit der wachsenden Anzahl der Kinder immer breiter werden. Und im Hintergrund: Wellen, die an Land donnern, gleichmäßig wie ein Uhrwerk, Minute für Minute, Stunde für Stunde, bis zum heutigen Tag, bis zu dem Zeitpunkt, an dem ich dies alles vor mir sehe, genau hier, am selben Ort.

So wie ich Jo vor mir sehe. Jo und unsere erste Begegnung. Eine Begegnung so alltäglich, so beiläufig, dass ich ihn ebenso hätte übersehen können. Ich bemerkte ihn bei einer Theatervorstellung für Kinder in der Kioskschlange vor dem Kulturhaus. Mir fiel ein, dass ich ihn schon hin und wieder flüchtig wahrgenommen hatte, beim Essen in einem Forschungszentrum, in dem ich zu Beginn meines Studiums hospitiert hatte, und jetzt standen er und seine Tochter in der Pause vor mir und Lina. Das Erste, was mir auffiel, war Marias Energie, wie sie um ihren Vater herumtanzte, ihn dazu brachte, sich mit ihr zu drehen, und wie sie mitten in der Schlange einen Purzelbaum schlug, direkt vor uns. Und dann Jo, seine besondere Zugewandtheit, von der ich später nie genug bekommen konnte. Er war offensichtlich ganz auf Maria konzentriert, geduldig und hingebungsvoll, doch zugleich meinte ich, eine leise Zurückhaltung wahrzunehmen. Darin, wie er sich bewegte, lag etwas Fernes, Abgewandtes, das ich in seinem Blick bestätigt fand, als er sich umdrehte, nachdem er uns angerempelt hatte.

Als ich ihn ein paar Monate später erneut traf, erkannte ich ihn sofort wieder. Ich ging mit Lina am Wasser spazieren, etwas außerhalb der Stadt, und entdeckte ihn auf einer Bank direkt am Weg. Er hielt eine Brottüte in der Hand, und Maria rannte hin und her, füllte ihre Hände mit Krumen und warf sie den Enten hin, die im flachen Wasser dümpelten. Erst reagierte ich nicht, zumindest nicht bewusst, abgesehen davon, dass ich einen Druck auf der Brust registrierte und dass die Räder des Kinderwagens immer langsamer rollten. Als ich stehen blieb, merkte ich es. Dass ich starrte. Ihn anstarrte. Getroffen vom selben Bild wie beim letzten Mal, nur dass ich es jetzt deutlicher wahrnahm. Das Fürsorgliche, Aufmerksame und zugleich diese Verschlossenheit, diese Ausrichtung auf etwas, das anderswo, in weiter Ferne lag. Und wie dieses Gegensätzliche, das ihm innewohnte, diese Gleichzeitigkeit von Anwesenheit und Abwesenheit, Hingabe und Distanz mich so stark berührten, dass ich begriff, dass ich in genau dieser Gegensätzlichkeit von ihm gesehen werden wollte, und mir zugleich wünschte, dass ich, ich allein, dieses Anderswo wäre. Ich setzte mich auf die Bank neben seiner, stellte den Kinderwagen ab, wich nicht aus, ging nicht nach Hause, sondern rückte ihm so nah wie möglich, wandte mich ihm und Maria zu, dem Spiel, das zwischen ihnen entstand. Ich fröstelte im kalten Wind und wickelte mich enger in meinen Schal. Er drehte sich um, lächelte und sagte etwas über den frühen Herbst. Ich rieb meine Hände aneinander, blickte nach oben, schaute mich um. Und da sprang es mir förmlich ins Auge, orange, gelb und rot; fallende Blätter, zart und brüchig, mit Adern wie gespannte Nerven, die Blätter in den Baumkronen, dem weit offenen Himmel zugewandt, wie sie sich von knorrigen, zitternden Ästen dem letzten Sonnenlicht entgegenstreckten. Und alles rief: Beeil dich, ihn sollst du lieben, ihn allein.

In der Anrichte ist eine Maus, ich höre sie von meinem Platz aus. Ihr Trippeln und Rumoren zwischen den Spülbürsten und der Schachtel mit den Kerzen. Die scharfen kleinen Krallen auf dem Holz, die spitzen Zähne im Talg, Borsten, an denen sie knabbert, wie sie sie in Stücke reißt. Wahrscheinlich ist sie eine entfernte Verwandte der Mäuse, die damals in dem Haus gelebt haben, das hier auf der Ebene errichtet wurde. Ein Nachkomme der schier endlosen Reihe von hellrosa Mäusejungen. Oder sind damals alle verbrannt und zu Asche geworden, zusammen mit dem Rest des Hauses? Ich stehe auf und schlage mehrmals gegen die Schranktüren, in dem Versuch, sie zu verscheuchen.

~ 8 ~

Zehnter Januar, elf Uhr. Beobachtung an der Hütte: Temperatur: minus acht Komma acht Grad Celsius. Wind: leichte bis mäßige Brise aus Nordost, zirka sechs Meter pro Sekunde. Bewölkung: null Achtel.

Ich stehe fertig angekleidet vor der Tür, Fotoapparat und Laptop im Rucksack. Über dem Fjord liegt Frostnebel wie gesponnener Zucker, und direkt über mir steht der Vollmond silberblank an einem eisblauen, dicht besternten Himmel. Federleichter Reif überzieht die Außenwände, und auf dem Weg zum Schneemobil knirschen meine Gummisohlen auf dem gefrorenen Schnee. Ich bleibe stehen. Das Einatmen schmerzt, und beim Ausatmen strömt mir die Luft in kleinen weißen Wolken aus dem Mund. Schon nach wenigen Minuten merke ich, wie die Feuchtigkeit um Kinn und Nase gefriert, ein Gefühl, das ein scharfer, beißender Luftzug noch verstärkt. Ich streife die Handschuhe ab, ziehe mir die Sturmhaube an und darüber die Ledermütze, die ich anschließend unter dem Kinn fest verknote.

Dann setze ich mich aufs Schneemobil und betätige den Anlasser. Der Motor springt sofort an, es ruckelt ein wenig; dick und rot wirbeln die Abgase im Schein der Rücklichter. Langsam fahre ich an der Hütte vorbei, werfe einen Blick auf das Fenster zum Wohnbereich und zucke zusammen, als ich zwischen den Eisblumen mein Spiegelbild erkenne. Komplett vermummt, als wäre ich drauf und dran, ein Verbrechen zu begehen. Oder: Als wäre ich bereits eine Verbrecherin, als wäre die Tat schon begangen; ich habe mich einer illegalen Handlung schuldig gemacht und muss schleunigst abhauen. Ich spüre es bis in die Finger auf dem Lenkrad, die vor Kälte immer noch taub und steif sind: Das Bild stimmt. Egal wie klar das Leben um mich herum erscheint, da ist ein Hintergrundrauschen, die Gewissheit, dass ich, obwohl ich mir einrede, nur wegen meiner Arbeit hier zu sein, auch noch andere Beweggründe für meinen Rückzug in die Einsamkeit habe. Gründe, ebenso verborgen wie das Leben in den Meerestiefen da draußen.

Das Schneemobil unter mir läuft geschmeidiger, lässt sich leichter und rascher lenken, ich richte mich auf, stemme die Kufen der Maschine in den stiebenden Schnee, es geht über vereiste Schneewehen. Der Kraftaufwand, das Ziehen in den Oberschenkeln, die Auf-und-ab-Bewegung: Ich sehe mich selbst rittlings auf Jo sitzen, meinen Unterleib gegen seinen gepresst, bis sein Penis in mir fester und härter wird. Ich bewege mich vor und zurück, seine Hände in meinen, sein Gesicht unter mir, ich besitze, nein, ich beherrsche ihn; für einen langen Augenblick ist er willenlos, mir und meinem Körper völlig hingegeben. Anderthalb Jahre habe ich darauf gewartet, ihn endlich für mich zu haben, Stunden und Tage mit ihm allein, wir zwei, ohne jede Einmischung von Gry oder S., ohne Maria und ohne Lina, und mir dabei sicher sein zu können, dass er nicht gleich wieder für mehrere Wochen verschwindet. Das Licht der Scheinwerfer scheint die Dämmerung zu zerreißen, ich gebe Gas, jage die Maschine den letzten steilen Hügel hinauf. Als ich endlich auf dem Plateau angelangt bin und mich umdrehe, leuchtet mir der Horizont blutrot entgegen.

Ich parke wieder neben dem Felsblock, hole das GPS heraus und gebe die Koordinaten ein, wende mich nach Norden, in Richtung der angegebenen Position. Jo und ich kommen aus demselben Dorf ein Stück weiter im Süden. Heute lebt er in einem Reihenhaus im Westen der Stadt, ich in einer gemieteten Zweizimmerwohnung im Osten. Das Reihenhaus hat

er nach der Scheidung von Gry vor vier Jahren behalten. Sie wohnt nur einen Steinwurf entfernt, und seit Maria zwischen ihren beiden Wohnungen wechseln kann, wie sie möchte, hat er nicht mehr vor, dort wegzuziehen. Ich selbst bin mehrere Kilometer von S. weggezogen. Ein halbes Jahr nachdem ich die Scheidung verlangt habe, habe ich ihm das Haus, das uns beiden gehörte, zum Schätzpreis überlassen. Ich habe ihm fast alle Möbel dagelassen, ja, eigentlich alles, was wir zusammen besaßen, alle materiellen Dinge; Küchenausstattung, Bilder, Bücher. Ich hatte keine Wahl. Nicht, wenn ich ihn wegen eines anderen verließ. Wenn ich frei sein wollte, musste ich mich gewissermaßen von meinem Verrat an ihm und der Familie, die wir hatten sein wollen, freikaufen. Das gab ich ihm gegenüber jedenfalls vor. Vor allem aber wehrte ich mich nicht, ließ ihn lieber gewähren. Das schien mir klüger in Anbetracht einiger Dinge, die sich zugetragen hatten, ohne besonderen Anlass, ohne Streit und die üblichen Zusammenstöße, die mich aber gerade deswegen wie ein jäher, unerklärlicher Schatten dazu drängten, mich so schnell wie möglich seiner Reichweite zu entziehen.
So war es, wenige Wochen bevor ich auszog, zu dieser merkwürdigen Situationen gekommen:

Es war Abend, wir waren auf dem Heimweg vom Sommerfest in Linas Kindergarten, als er plötzlich von der Hauptstraße abbog und einen schmalen Kiesweg zum Fjord hinunterfuhr. Von der Rückbank aus konnte ich im Spiegel nur seine Augen sehen: zusammengezogene Brauen über einem Blick, der nicht auf dem Weg und der Landschaft um uns herum lag, sondern ins Leere fiel. Er fuhr schnell. Äste kratzten und schabten an den Türen, und in den Bodenwellen hüpften wir auf unseren Sitzen auf und nieder. Keiner sagte etwas. Selbst Lina auf dem Beifahrersitz war still. Doch nach einer Weile hielt ich es nicht länger aus. Meine Stimme füllte das Wageninnere, es überraschte mich, wie weich und nah sie klang. »Wohin fahren wir?«, hörte ich mich sagen. »Keine Ahnung«, sagte er verwundert, doch kurz darauf, als hätte ich ihn an etwas erinnert, etwas, das er unterwegs vergessen hatte, hielt er an und schaltete den Motor aus. Reglos saß er da, aufrecht, seine Finger tasteten nach dem Türgriff, fassten zu, er machte irgendwas mit der Verriegelung. Ein Klacken. Er hatte die Kindersicherung aktiviert und stieg aus. Er ging um das Auto herum, jetzt entschlossener, und stellte sich vor mein Fenster. Legte die Hand an den Türgriff und blieb so stehen, seine Anzugjacke unmittelbar vor der Scheibe, er schien drauf und dran, die Tür aufzureißen. Ich heftete meinen Blick fest auf Lina; ihre Haut, so hell und zart und weich. Es war unerträglich. Mit trockenen Augen wendete ich mich ab, betrachtete die Sträucher und Felsen draußen, ließ meinen Blick weiter schweifen, zum Himmel, zum Ende des Weges, wie um nach Hilfe Ausschau zu halten, doch alles starrte nur erschrocken zurück, unfreiwillig zum Zeugen und zugleich zum Schauplatz dessen gemacht, was jetzt geschehen würde. Ich sammelte Kraft, rüstete mich für das, was kommen würde. Niemals würde ich mich kampflos ergeben. Doch im nächsten Augenblick saß S. wieder hinter dem Steuer. S. und sein Körper, steif vor dem Lenkrad. S. und seine Stimme, die vor sich hin murmelte: »Ich muss mich zusammenreißen. Ich muss mich jetzt zusammenreißen.« S. und seine Hände, mit denen er den Rückwärtsgang einlegte, das Auto zurücksetzte und ruhig nach Hause fuhr.

Ich entdecke die Spitze der Wetterstation, dann den Windschirm des Niederschlagmessers, sie ragen aus den Schneeverwehungen, die der Wind rund um den Mast zusammengeschoben hat, und als ich näher komme: das Glitzern kristalliner Einsprengsel auf dem Metall, Raureif wie kleine scharfe Sägezähne rund um die Sensoren und Haltetaue. Vor-

sichtig löse ich die Schneekrusten, bürste sie ab; mit einem rasselnden Geräusch fallen sie auf den verharschten Schnee, es klingt wie winzig kleine Glöckchen.
Anschließend gehe ich meiner Routine nach. Überprüfe, ob der Niederschlagsmessbecher waagerecht hängt, ob das Frostschutzmittel schneefrei ist, ich schließe den Rechner an den Datenlogger an und übertrage die letzten Messwerte. Mit klammen Fingern ziehe ich schließlich den Fotoapparat aus meinem Rucksack, entferne die Kappe und schraube den Blitz fest, und während ich mich langsam um dreihundertsechzig Grad drehe, von Norden Richtung Osten und weiter von Süden Richtung Westen, halte ich die Landschaft fest: die Schneeverwehungen, das Plateau, die Felskante. Die Schneeschmelze, das stückweise Hervortreten des Felsens muss ebenso dokumentiert werden wie der Übergang von allumfassendem Weiß zu ersten frühlingsbraunen Flecken im Schnee, Woche für Woche, ein visueller Eindruck zwischen Säulendiagrammen, Zahlenreihen und Messdaten. Die Bilder sollen zeigen, dass es möglich ist, aus der Summe der rein physischen, messbaren Gegebenheiten rund um die Ankunft der Seevögel eine Theorie zu entwickeln, die deren Wanderung in die Kolonien näher erklärt und vor allem: die eine weitere Möglichkeit bietet, die Negativentwicklung der Bestände zu erklären.
Ich verstaue Kamera und Laptop wieder im Rucksack, meine Finger sind schon fast blau vor Kälte und von dem beißenden Wind. Ich halte sie mir vor den Mund, verharre eine Weile, puste warme Luft in meine Handflächen und denke erneut daran, warum genau ich hier bin. Ja, ich will forschen, will die Zusammenhänge der äußeren, physischen Welt verstehen. Aber es gibt auch noch einen anderen Grund, einen Schmerzpunkt, der dazu führt, dass ich fliehen und die Trennung von Lina in Kauf nehmen musste. Und gleichzeitig ist da eine Sehnsucht, so blutrot wie der Himmel über mir.

~ 9 ~

Eines Morgens habe ich beim Aufwachen das Gefühl, jemand stünde neben mir und zöge an meiner Bettdecke, und als ich sie, instinktiv und noch immer in einer Art Traumzustand, ein wenig anhebe und beiseiterücke, spüre ich, dass sich jemand an mich schmiegt, ein Kind, klein und weich. Ein eisiger Schauer überläuft mich und ich erstarre. Völlig durchfroren und wie unter einer dünnen Eisschicht öffne ich die Augen. Blicke zur Decke, ins Zimmer, ins Hier und Jetzt, bis ich spüre, wie die Eisschicht förmlich zerspringt und in winzigen, klingenden Scherben von mir abfällt.

Ein Traum. Ich setze mich auf die Bettkante. Greife nach dem Wasserglas auf dem Regalbrett neben mir, trinke, bewege das Wasser im Mund hin und her und schaue auf die Uhr. Es ist sechs. Dann kann ich ebenso gut aufstehen. Vielleicht Nachrichten im Radio hören. Die zivilisierte Welt zu mir hereinlassen. Allmählich wird es höchste Zeit. Ich habe mich schon viel zu lange in Tagträumen und Erinnerungen verloren. Und wie um dieser Entscheidung sofort Folge zu leisten, versuche ich, die Wetterdaten zu schätzen. Temperatur. Windgeschwindigkeit. Wolkendichte. Ihre Messbarkeit hält für mich die Welt zusammen. Wie das Wasser, das mir kalt die Kehle hinabrinnt und meinen Magen füllt.

Ein Traum. Oder so etwas wie ein Traum. Morgendämmerung, Licht, das am Horizont wächst, zart und durchsichtig mit Flecken von Hellblau. Wie dieses Licht, das neugeborene Kinder umhüllt. Wie das Licht, das ich in Lina sah. Daran muss ich denken, als ich an der Anrichte stehe. Aber war das, bevor ich

das Haar im Butterrest, der noch am Messer hing, entdeckte, ganz oben an der Spitze, oder war es eine Reflexion in derselben Mikrosekunde? Das Haar ist dünn und fein, beinahe unsichtbar. Ich trete zur Lampe über dem Küchenherd, halte die Messerspitze ins Licht, drehe das Handgelenk, untersuche jeden Millimeter. Mit zwei Fingern im Pinzettengriff ziehe ich das Haar langsam aus der klebrigen Masse. Rolle es zwischen den Fingern, untersuche seine Struktur. Es gleicht genau dem, das ich am Tag zuvor auf der Computertastatur entdeckt habe. Es lag einfach da, quer über den Buchstaben b, h, und u, wie ein Gruß. Es ist ein Kinderhaar, aber dunkler als Linas. Ich habe es in den Ofen geworfen. Und genau das tue ich auch jetzt wieder. Ich öffne die Ofenklappe. Sehe das Haar zusammenschnurren, in der Glut zu Asche werden.
Plötzlich fällt es mir wie Schuppen von den Augen. Einfach so. Der Zufall: ein Parameter, dem ich künftig mehr Beachtung schenken sollte.

~ 10 ~

Immer wieder – wenn ich nicht gerade arbeite, schreibe oder lese – muss ich an Olaf und Borghild und ihre Kinder denken. Immer wieder ertappe mich dabei, ich denke ständig an sie, ja, auch während der Arbeit und selbst wenn ich ernsthaft versuche, es nicht zu tun. Dass die Bilder mir so lebhaft vor Augen stehen, liegt natürlich daran, dass ich mich in derselben Umgebung befinde wie sie. Außerdem hat mich der Artikel in der alten Broschüre sehr ergriffen, etwas darin berührt mich, was über den Text hinausgeht. Das ist doch nicht weiter ungewöhnlich, versuche ich mir einzureden und meine Besessenheit zu verharmlosen, die mich selbst überrascht. So kannte ich mich bisher nicht. Und doch sind diese Vorstellungen genau das: unglaublich verführerisch, zugleich aber auch beängstigend.

Jetzt vor dem Ofen passiert es mir wieder. Dass ich müde, ein bisschen schläfrig, den Kopf an der Stuhllehne, Bilder vorbeiziehen sehe, ganz klar und nah. Nicht in Farbe, aber auch nicht in Grautönen, sondern mit einem Hauch der Farbe, die ich in diesem Moment sehen will. Ich denke mir zum Beispiel einen hellblauen Rock. Einen roten Schal. Die Stimmen dagegen können sowohl aus dem Knistern des Holzes als auch aus dem Knarren der Diele hervortreten und zu mir sprechen, darüber ein Orchester von Hintergrundgeräuschen: Pferdewiehern, Schafblöken, Sägen, Hämmern und Kleinkinderspiele, im ewigen Anbranden des Meeres und im Wind, der um die Wände streicht. Und jetzt, da ich tiefer in den Stuhl hineinsinke, behaglich vor dem glühenden Ofen sitzend, in der Wärme, die durch meine Kleidung dringt und in Gesicht und Hände strömt, spüre ich es mit jeder Faser meines Körpers: Sonnenlicht, das ungehemmt über die Ebene fällt, ein Bündel Strahlen auf ihm und ihr, die an einem milden Sommertag an der Südwand der Hütte sitzen. Der allgegenwärtige Wind streift sie kalt, sie frösteln, alle beide, vielleicht ebenso vor Glück wie vor Kälte, denn dort draußen auf der Ebene, im sprießenden Gras, das saftig ist und bald gemäht und zum Trocknen aufgehockt wird, da draußen rennen ihre fünf Töchter umher, während der kleine Junge, ihr erster Sohn, drinnen schläft.

Ihre Brust wölbt sich unter dem Stoff des Kleides, seine Arme sind grob und stark. Die nackte Haut, seine Knöchel, sein Hals: Nimmt er ihre Hand in seine, drückt er ihre Finger leicht, wie ein geheimes Signal? Ja, sie stehen auf, schlendern zum Stall, lächeln scheu, öffnen die Tür, schlüpfen hinein. Sie lehnt sich an die Balken der Box, den Rücken gewölbt, ihre Brüste zwei Bojen, vor denen er ankern kann; er tritt einen Schritt näher, bläst ihr in die Halsgrube, drückt sich an sie, er ist hart und steif, und dann, dann hebt er mit einer Hand ihren Rock an, während die andere zwischen ihre Schenkel gleitet, sie mit zwei Fingern vorsichtig öffnet und er langsam in sie eindringt. Lust wallt in ihr auf, der Boden schwankt, sie wimmert, stöhnt … die Konturen ihrer Gesichter fangen an zu flimmern, gleiten weg, es sind keine Fremden, ich sehe Jo und mich selbst.

Ich schließe die Augen. »Jo«, flüstere ich und streiche mit den Händen über meine Taille, meinen Bauch, doch die Bilder lösen sich auf, verschwinden. Unbändige Lust – er hat sich aus mir zurückgezogen und jetzt verlässt er mich dort im Stall, geht, auch wenn dies kein Teil meiner Phantasie ist, nicht das, was ich will. Diese Geschichten, meine Träumereien, erscheinen mir mit einem Mal zerbrechlich und zart, den kalten Mustern der Erfahrung preisgegeben; ich kann ihn nicht zurückhalten, sosehr ich es auch versuche. Er tritt ins Sonnenlicht hinaus, wie aus eigenem freien Willen, über die Steinplatten, auf die Wiese, er lächelt und streckt seine Arme nach dem Kind aus, das auf ihn zugelaufen kommt. Maria.

Die Hitze des Ofens. Ich ziehe mir den Pullover aus, krempele die Ärmel meines T-Shirts hoch, lasse mich erneut auf dem Stuhl herunterrutschen, versuche Jo vor mir zu sehen, doch wieder verblasst er, eine Schraffur, dünne Striche auf welligem, grobem Papier, und als ich es noch einmal versuche, sehe ich nicht Jo, sondern S. Er kommt mir entgegen, mit Lina auf der Schulter, sie sitzt, wie so oft, mit krummem Rücken, das flaumige Haar wie ein Heiligenschein um ihren Kopf, die Hände klein und rundlich, zutraulich um den Hals ihres Vaters gelegt, der erzählt und hier- und dorthin zeigt, die Stirn dicht an ihrer Wange. Ihre Stimmen; sein tiefer Bass in einer höheren Tonlage als sonst, und Linas, hell, mit einem scharfen Klang; mich selbst sehe ich nebenherlaufen, ich strecke mich zu ihr hinauf, zeige ebenfalls, erzähle auch etwas, kann aber meine Stimme nicht hören, sehe sie nur in Hertz und Dezibel steigen und sinken wie auf einem Audiogramm, und außerdem: Ich rede über Dinge, die Lina nicht versteht, nicht begreift; Wörter und Sätze aus Forschungsartikeln, Statistiken, Analysen. Ich rede und rede, Lina und S. verstummen, dann sind sie fort, und ich sehe und höre nur noch mich, wie ich mich über den Holztisch beuge, vor mir der Computer und stapelweise Bücher, auf etwas anderes konzentriert, Phänomene, Ereignisse, das, was draußen auf dem Vogelfelsen passieren wird.

~ 11 ~

Was bekannt ist, wird nicht notwendigerweise auch anerkannt. Das ist der Ausgangspunkt meiner Forschung. Ein einzigartiger, seltener Vogel kann in regelmäßigen Abständen in seinem Habitat beobachtet werden und ganz natürlich in die Vielfalt und Biologie seines unmittelbaren Umfelds eingehen. Aber erst wenn erkannt wird, dass er selten und einzigartig ist, kann er auch so wahrgenommen werden.
In der empirischen Phase meiner Arbeit, in der ich Daten sammle und mich noch nicht in Bewertungen und Schlussfolgerungen vertiefe, ertappe ich mich zuweilen dabei, wie ich die Arbeit und das Ziel, das ich zu erreichen hoffe, in schwindelerregende Dimensionen hebe. Die physischen Erscheinungen des Lebens, die kontinuierliche Flut von Eindrücken und Wahrnehmungen, die niemals endgültig erklären können, was Biologie, was das Leben eigentlich ist: Ich möchte einen Zipfel davon erhaschen, ihn im Verhältnis zu Zeit und Ort abgrenzen und ihn dann, mit den Parametern, die mir zur Verfügung stehen, durch immer neues Wiegen und Messen konzise und konkret machen, um am Ende eine wirklich wahre Aussage treffen zu können. Ich verhalte mich zum Leben, als befände ich mich in einem Traum und als würde ich mit allen möglichen Mitteln versuchen, aufzuwachen, in das greifbare Draußen einzutreten, um dann eventuell zu verstehen, was den Traum erst ermöglicht hat. Ich will untersuchen, zeigen und enthüllen, und ich wünsche mir, dass das, was ich herausfinde, von so großer Bedeutung ist, dass ich selbst dadurch sichtbarer werde; dass meine Arbeit nicht nur als Wendepunkt dafür betrachtet werden kann, was man über die physische Welt vorhersagen kann, sondern dass sie

auch meinem Leben eine neue, vielleicht unerwartete Richtung gibt.

Wenn das geschähe, würde ich vielleicht etwas völlig anderes tun. Ich würde die vermeintlich objektive, aber auch statische, ortsgebundene Forschung verlassen, um in fernen Gegenden umherzustreifen. Würde vielleicht kreuz und quer durch die Tundra reiten, die wogenden Bewegungen des Pferdes unter mir spüren, und dabei trockene Binnenlandluft mit einem Geruch nach Kuhmist und Erde einatmen, um dann am Abend, in einem Nomadenzelt auf den Knien hockend und mit einem mit Borten und Bändern verzierten Gewand bekleidet einen Becher Schafmilch in den Händen zu halten, dem abgehackten Gespräch der Frauen mit ihren kehligen Stimmen zu lauschen, das auf diese rein äußerliche, unwissenschaftliche Weise bekräftigt, dass ich, die Fremde, in das Einzigartige eingegangen und von ihm aufgenommen worden bin.

~ 12 ~

Ganz konkret gründe ich meine Forschung auf folgende These:
Die Seevögel werden vom Klima in unterschiedlichen Größenordnungen in Zeit und Raum beeinflusst. Starke klimatische Veränderungen sind häufig Abweichungen in der atmosphärischen Zirkulation geschuldet, die wiederum die Meerestemperatur und die Strömungsverhältnisse in größeren Regionen beeinflussen. Die nordatlantische Oszillation (NAO) ist ein ausschlaggebender Faktor für das Wetter im gesamten Nordatlantikraum, und es wurde nachgewiesen, dass das Überleben einer Reihe von Seevogelarten in den nördlichen Meeresgebieten in Abhängigkeit zum NAO-Index zur Winterzeit variiert.
Ein gemeinsames Projekt von Meteorologen und Ökologen hat inzwischen zu neuen Erkenntnissen über die Auswirkungen des Klimas auf die Seevögel geführt.
Im Bereich der Klimaforschung ist es eine gängige Methode, an einer Reihe verschiedener geographischer Punkte dieselben Wettermessungen durchzuführen, was zu sogenannten *point maps* führt. Neu ist, dass man deren Ergebnisse darüber hinaus mit den Veränderungen im Tierbestand vergleicht. Im Rahmen eines Projekts haben Forscher eine Datenserie über Trottellummen ausgewertet, einen bedrohten Seevogel, bei dem sich die Bestände seit den Sechzigerjahren um neunzig Prozent verringert haben. Im Winter neunzehnhundertsechsundachtzig/siebenundachtzig wurden zahlreiche abgemagerte Trottellummen tot im Meer gefunden. Die Forscher wollten herausfinden, ob dieses Ereignis auf eine klimatische Veränderung zurückzuführen war. Und anhand der Daten

der Klimaforscher konnten sie tatsächlich feststellen, dass just in diesem Winter ein ganz spezielles Wetterphänomen in der Barentssee aufgetreten war: Es hatte dort extrem viele Hochdruckgebiete gegeben, zugleich aber auch vermehrt polare Tiefdruckgebiete. Bei näherer Untersuchung stellte sich heraus, dass es einen klaren Zusammenhang zwischen dem Wetterphänomen und dem Massensterben der Trottellummen gab. Außerdem fand man heraus, dass die traditionelle Methode der *point maps* in Kombination mit dem NAO-Index zu einem besseren Verständnis darüber führen kann, wie der Klimawandel die Seevögel beeinflusst. Und genau das will ich mir in meiner Arbeit zunutze machen – was bedeutet, dass ich mich zusätzlich zur Biologie, die mein eigentliches Fachgebiet ist, auch mit der Meteorologie beschäftigen muss.

~ 13 ~

Ich warte die ganze Zeit. Ich warte auf die Sonne und auf hellere Tage. Ich warte darauf, dass der Wind abflaut und der Schnee aufhört zu fallen. Ich warte auf Daten und auf Messwerte und auf die ungeraden Tage, auf die Satellitentelefongespräche, das Skypen, die Stimme, das Gesicht von Jo.

13. Januar. Am Telefon:
Jo: Maria ist stark erkältet.
Ich: Ist sie bei dir?
Jo: Ja, schon seit ein paar Tagen. Sie bleibt, bis sie wieder gesund ist.

15. Januar. Über Skype:
Jo (den Kopf in die Hand gestützt, blass, mit unergründlichem Blick): Kindergärten. Da kommt eins zum anderen. Jetzt lagen Maria und ich mit einem Magen-Darm-Infekt flach.
Ich: Ist sie denn jetzt nicht bei Gry?
Jo (streicht sich mit zwei Fingern über die Stirn, Blick zum Bildschirmrand): Gry hat gerade ein größeres Projekt auf der Arbeit, wir waren uns einig, dass Maria bei mir erst mal besser aufgehoben ist.
Ich: Das bedeutet, du musst die Reise verschieben?
Jo (sieht mir in die Augen, beißt sich auf die Unterlippe): Ja.

17. Januar. Am Telefon:
Ich: Ich vermisse dich.
Jo: Ich dich auch. Aber so, wie die Lage gerade ist, kann ich Maria nicht allein lassen.

19. Januar. Über Skype:
Ich: Also – wann, glaubst du, kannst du kommen?
Jo (fährt sich mit der Hand über den Mund, legt zwei Finger an sein Kinn): Ich muss mal sehen. Aber wenn alles nach Plan läuft, kann ich Anfang Februar hier weg.

Am Tag nach dem letzten Gespräch, als der Morgen gerade anbricht und die Mondsichel wie ein Angelhaken zwischen Himmel und Meeresschlund hängt, sehe ich von der Hütte aus, wie eine Schar Vögel von Osten herangleitet und auf dem Fjord landet. Ich hole mein Fernglas, zoome sie heran. Prachteiderenten. Ich fokussiere auf ein typisch männliches Exemplar, leicht erkennbar an dem orangen Buckel auf der Stirn und dem rotvioletten Schnabel. Vom Fenster aus verfolge ich die Bewegungen der Vögel, wie sie über das Wasser gleiten und dann plötzlich abtauchen und mehrere Minuten nicht zu sehen sind. Ich vergesse beinahe zu atmen, vollkommen gefangen von dem Anblick und in der Gewissheit, dass es sich nur um einen kurzen Besuch handelt, dass sie hier im Fjord lediglich Rast machen, um dann in die sibirische Tundra zurückzukehren, wo sie irgendwo am Süßwasserrand brüten werden. Zugleich empfinde ich ein intensives Gefühl von Verlust. Oder Hunger. Eine Änderung der Meerestemperatur wird zu einer Veränderung in der Beutetierfauna führen. Hocharktische Arten werden weiter in den Norden abwandern, während neue, wärmeliebendere Arten aus dem Süden heraufdrängen werden. Wird man hier in Zukunft noch Prachteiderenten sehen? Wird es noch Futter in den tieferen Meeresschichten geben?
Ich möchte rausgehen, den Schwarm sehen und hören, fürchte aber, dass sie wegfliegen könnten, noch bevor ich angezogen bin. Ich lege das Fernglas weg, reiße den Overall vom Haken, fahre mit Armen und Beinen hinein, ziehe mir Schuhe an und stürze hinaus, stakse unbeholfen über den verharsch-

ten Schnee, zertrete hauchfeine Eisschichten, bis ich endlich unten am Strand bin, wo ich mich zwischen Steinen und Tang stelle und hinausstarre und lausche.
Durch das Rieseln und Knistern, das Wellengeplätscher und die Dünungen erkenne ich das Rufen. Den tief vibrierenden Laut des Männchens.
Haou, haou.
Ich sehe. Höre.
Es gibt so viele Antworten. Und so viele Fragen, die nie gestellt werden.

~ 14 ~

An einem dieser Januartage, als ich gerade die Farben des Himmels betrachte, muss ich unwillkürlich über Sinneseindrücke nachdenken. Das führt mich weiter zu Borghild und Olaf, und bald stelle ich sie mir als Elektronen in der rätselhaften Welt der Quantenmechanik vor. Elektronen, die mit jedem Sprung Richtung Atomkern, von einer Interaktion zur nächsten, Energie in Form von Licht freisetzen. Licht mit ganz spezifischen Wellenlängen, und jedes für sich leuchtet in einer eigenen Farbe. Und am wichtigsten in diesem Zusammenhang: So, wie die Elektronen erst real werden, wenn sie mit etwas anderem zusammenstoßen, ist es auch mit den Ereignissen von früher und mir. Auf dieselbe Weise, wie die Quantenmechanik nicht beschreiben kann, was geschieht, sondern nur, wie ein physisches System von einem anderen verstanden wird, kann auch ich nicht erklären, warum die Bilder aus der Vergangenheit für mich so lebendig werden, ich kann nur die Tagträume wiedergeben, die mir so klar und deutlich vor Augen stehen. Zum Beispiel den Brand auf der Ebene hier draußen, vor mehr als hundertvierzig Jahren. Irgendwann glaube ich, dass es sich genauso abgespielt hat:

Es ist ein eiskalter Winterabend. Die Kinder, insgesamt sechs, sind die Treppe zum Schlafboden hinaufgestiegen und haben sich in die Ausziehbetten gelegt; sie sind unter den Wolldecken und Schaffellen vollständig bekleidet. Auch der zweijährige Niels schläft in dieser Nacht oben, obwohl er wahrscheinlich unruhig werden und aufwachen wird, denn er ist noch immer nicht von der Brust entwöhnt. Es kommt immer wieder vor, dass er nachts aus dem Bett seiner Eltern aufsteht, wo er normalerweise am Fußende schläft, und sich im Halbschlaf in die Küche verirrt, ganz knapp an dem heißen Holzofen vorbei. Oft hat Olaf ihn bei diesen kleinen Ausflügen erwischt. Nachts ist der Ofen seine Domäne, er ist es, der das ganze Jahr über immer wieder aufsteht und Holz nachlegt, der in den kältesten Nachtstunden von seiner Pritsche neben dem Ofen aus das Feuer am Leben hält. Normalerweise legt er Niels dann immer dicht neben Borghild auf die Innenseite des Bettes, oder er bleibt am Fußende sitzen, bis der Junge wieder eingeschlafen ist. In dieser Nacht jedoch ist Olaf nicht zu Hause, sondern in der Handelsstadt weiter südlich. Die Verantwortung für den Ofen und das Feuer liegt also bei ihr. Deshalb ist es am besten, wenn der Junge oben schläft, denkt Borghild, bei seinen großen Schwestern hat er es warm.

Reif und Eis bedecken die Fensterscheibe am Ende des Mittelgangs oben, wo die Kinder schlafen, und durch das Moos zwischen den Balken drückt sich der Frost in dicken Streifen wie Zuckerguss. Das Ofenrohr mitten im Zimmer, direkt neben der Treppe, strahlt nur wenig Wärme ab. Es ist wie so oft in einfachen Häusern, die Kälte dringt ein, die Wärme strömt hinaus; sowohl das Holz als auch die Menschen werden steif und ziehen sich vor Kälte zusammen.

Olaf hat sie gebeten, beim Feuern behutsam zu sein, achtsam wie mit allem anderen, hält er auch damit Maß auf dem Hof. Doch beim Brennholz ist er nach Borghilds Ansicht ein wenig zu geizig. Wenn die Kälte zuschlägt, wird es schnell frostig. In seiner Abwesenheit und weil der Junge oben schläft, legt sie deshalb zusätzlich dünnes und feines Birkenholz nach, viele Male, bis die Ringe der Herdplatte vor Hitze glühen. Anschließend macht sie es wie er: Sie legt sich auf die Pritsche, komplett angezogen, den Kopf auf einem zusammengerollten Tuch, die Hände unter der Wange zusammengelegt, und

das Gesicht in schläfriger Aufmerksamkeit dem Feuer zugewandt.
Die Nacht glitzert über dem Haus und dem Vogelfelsen. Es knistert im Ofen, knirscht und knackt in den Balken und Fußbodenplanken, alles schnauft und atmet und bewegt sich, die Menschen und das Holz, die Kinder in den Ausziehbetten, Borghild auf der Pritsche, und im Hintergrund, unter allem: ein ewiges Rauschen, das Anbranden des Meeres. Die Geräusche werden lauter und leiser, sind im Einklang und dann wieder nicht, eine Sinfonie, auf deren Oberfläche sie dahintreibt, bis sie immer schwerer und träger hineinsinkt und schließlich einschlummert.
Der Schrei ihrer zweitältesten Tochter reißt sie aus dem Schlaf. Alles ist voller Rauch! Borghild ist sofort auf den Beinen und rennt zur Treppe, wo ihr eigenes Rufen sich mit den Schreien und dem Rumoren von oben vermischt, sie sieht, wie Rauch aus einer Stelle des Ofens hervorquillt, zur Decke hinauf, in die obere Etage – und in der Tiefe der kohlschwarzen Wellen nimmt sie ein Glühen wahr, das im selben Moment plötzlich aufflammt. Sie schreit erneut. Greift nach dem Wassereimer und gießt ihn über dem Ofen aus. »Das Fenster«, ruft sie. »Macht das Fenster auf und springt!« Sie hustet, ihre Augen tränen, sie kämpft sich trotzdem zur Treppe, kriecht Stufe für Stufe in die Flammen, der Rauch brennt ihr in Hals und Lunge. Dann gibt sie, ausgedörrt und matt und atemlos, auf und bricht am Boden zusammen. Dort unten, in der dünnen Schicht reiner Luft, gelingt es ihr, sich zu orientieren und das Vertraute wiederzuerkennen; sie kriecht an den Tischbeinen vorbei, unter der Pritsche hindurch und weiter zur Tür, und dann, nach einem kurzen Kampf mit der Klinke, gelingt es ihr endlich, die Tür zu öffnen. Die Weite draußen, endlos weiß, befreiend offen, empfängt sie mit kalter und frischer Luft, aber sobald sie sich im Schnee aufgerichtet hat, hört sie ein schreckliches Geräusch, wie das Brüllen eines verwunde-

ten Tieres. Sie dreht sich um. Ihr Heim brennt lichterloh, steht vollkommen in Flammen gehüllt, ein Brand so heiß, so entsetzlich, als wäre der Teufel selbst in das Haus hineingefahren. »Sind alle da?« Sie ruft die Kinder, ihre Stimme ist heiser, kaum zu hören im Kampf der Flammen um das zundertrockene Holz und die Balken. Sie kommen von allen Seiten und aus der tiefsten Finsternis herbei, ihre Engel, die Gesichter rußgeschwärzt. Zwei von ihnen bluten an der Stirn und an den Händen, eine andere hinkt mit einem Fuß. Sie halten sich aneinander fest, weinen. Borghild streckt eine zitternde Hand aus. Zählt sie. Ein Mal. Zwei Mal. Fragt dann mit einer Stimme, die nicht trägt. Niels. Ihr kleiner Junge. Wo ist er?

Ich weine mit ihr, vom anderen Ende der hundertvierzig Jahre, die uns trennen. Auch ich vermisse und sehne mich nach etwas so Einfachem wie Linas süßem Atem an meiner Wange, nach dem Gewicht ihres kleinen Körpers in meinen Armen. Sie fehlt mir hier draußen jeden einzelnen Tag. Trotzdem; mit mir und dieser Geschichte ist es so, wie wenn Jo so leichthin von Maria erzählt. Die Summe dessen, was er erlebt, kann kaum fassen, was mir meinem Empfinden nach entgeht. Und gleichzeitig: Vielleicht ist das, worum es bei dieser Geschichte, diesen Tagträumen eigentlich geht, eine ganz andere Erfahrung, zerrissen, umgeformt und zur Unkenntlichkeit dramatisiert von einem Vorfall wie diesem:

Das Haus, das S. und mir gehörte, hatte eine kleine, aber sonnige, überdachte Terrasse. Hier konnten wir uns stundenlang aufhalten, vor allem, nachdem Lina geboren war. Im Winter saßen wir dick eingepackt in unseren Korbstühlen unter der Wärmelampe und beobachteten die Bäume und die Menschen, die auf der Straße vorübergingen, während der Schnee langsam schmolz und das Licht allmählich zurückkehrte. Wenn es wärmer wurde und die Sonne mittags genau auf die Terrasse schien, pflanzten wir Setzlinge in Gläser, ein kleines Gewächshaus, das wir mit der Zeit um ein paar Blumenkästen erweiterten. Die Terrasse und das Gewächshaus wurden zu einem besonderen Ort, einer Form des Zusammenseins. Lina schlief gut an der frischen Luft, und später, als sie größer wurde, wurde es ihr Spielplatz, auf dem sie mit ihrer kleinen Gießkanne herumlief, Finger in die Erde steckte, Setzlinge wachsen, süß oder bitter werden sah, etwas Essbares, das sie sich in den Mund stecken konnte.

In den letzten Monaten bevor ich auszog, verbrachte ich viel Zeit dort, bereitete die Erde mit Kompost und Dünger auf, setzte Pflanzen, säte Samen, zog Ableger und pflanzte sie ein, vor allem, um der angespannten Stimmung drinnen zu entkommen, aber auch wegen Lina, ich wollte, dass ihr Leben buchstäblich weiterging wie bisher.

Bereits im Juni stand nach sorgfältigem Wässern und Düngen der Pflücksalat saftig und knackig da. Auf dem sonnigsten Teil der Terrasse rankten sich Tomatenpflanzen mit kleinen grünen Früchten an einer Schnur entlang, und aus einem Topf streckte eine Kürbispflanze ihre üppigen orangen Blüten. Das Gewächshaus war jetzt ganz allein mein Reich. Was dort wuchs, tat es, weil ich es wollte. Das begriff ich eines Nachmittags, als ich von der Uni kam. So tickte S. jetzt. Große, volle Müllbeutel standen fest verknotet vor der Tür, und durch das Haus führte ein Weg, eine Spur aus Sand und Erde. Ich griff mir an die Brust, ließ die Hand dort liegen, wie um mich selbst daran zu erinnern, weiterzuatmen, dann ging ich durch die Küche, das Wohnzimmer, bis zur Terrassentür, die halb geöffnet war. Ich blieb stehen, hielt mich am Türrahmen fest. Töpfe und Kästen waren umgestoßen, leer. Abgerissene Salatblätter lagen schlaff und bleich auf dem Boden, die Blüte einer Kürbispflanze flach und zusammengedrückt unter einer der Glaswände, und in der Ecke hing an der Schnur eine einsame, abgerissene Tomatenwurzel. Ich wankte hinaus, ließ mich auf einen Korbstuhl sinken. Dort blieb ich sitzen, bis ich den Schlüssel in der Haustür hörte, Schritte im Flur. Da erhob ich mich, richtete mich auf, um S. zur Rede zu stellen. Doch als ich sah, dass er Lina dabeihatte, hielt ich mich zurück. Und als Lina einen Arm um den Hals ihres Vaters legte und sich an ihn drückte, sich von mir wegdrehte, die Augen schreckgeweitet, wollte ich nichts anderes mehr als den Anblick von Chaos und Zerstörung mildern. Doch bevor ich auch nur irgendetwas sagen konnte, zeigte S. mit dem Finger auf die leeren Blumentöpfe und -kästen und flüsterte, dicht an Linas Wange: »Siehst du, Lina, siehst du, was Mama uns antut?«

~ 15 ~

Lina. Mein doppeltes Ich. Was sie einatmet, atme ich aus. Was sie aufnimmt, gibt sie an mich weiter. Wir sind einander Herz und Lunge, aber auch der anderen Schatten. Sehe ich mich selbst in ihr? Oder sie sich in der, die ich bin?

Der älteste Berg des Landes ist zweitausendneunhundert Millionen Jahre alt und liegt ganz im Norden. Auch Lina und ich haben einen Anteil an seiner Geschichte, von seinen zweitausendneunhundert Millionen Jahren macht unsere eigene Lebensdauer bisher sechsunddreißig beziehungsweise drei Jahre aus. Zweitausendneunhundert Millionen Jahre, geprägt von verschiedenen Ereignissen: der Kollision der Kontinente, Vulkanausbrüchen, Asteroideneinschlägen und dem langsamen Eisschliff der Gletscher. Es verschlägt mir den Atem, wenn ich mir die allmächtige Zeit vorstelle, die diese Berge repräsentieren. Die Jahreszeitenwechsel, die Lina und ich gemeinsam erleben werden, werden sich kaum in der Felsstruktur und den Gebirgswänden abzeichnen. Und als ich vor S. stand, die Hände nach Lina ausgestreckt, in der Angst, für das eine oder andere nicht mehr *rechtzeitig* zu kommen, da war es ein Satz, den ich dachte und mit dem ich mich tröstete: Das hier ist nichts, gar nichts, im großen Ganzen der Erdgeschichte.

~ 16 ~

So viele Antworten. Und so viele Fragen, die nie gestellt werden.
Auf der Ebene oder wenn ich über das Plateau fahre, begegnet es mir überall. Das, was ich nicht weiß. Was ich nicht vollkommen begreife. Von Wind und Wetter und Himmel und Meer. Oder von den Seevögeln und ihrer Wanderung in die Kolonien. Ich weiß und weiß auch wieder nicht. Und genauso denke ich über mich und mein Leben. Zum Beispiel über S. und mich. Wie es passieren konnte. Dass wir ein Paar wurden. Und Lina bekamen. Dass es einmal gut war, bevor es kompliziert und schwierig wurde. Situationen und Ereignisse, über die ich mich wunderte, Dinge, die er tat oder nicht tat; dass ich oft das Bedürfnis hatte, sein Verhalten zu beschönigen, seine ganze Art. Seine Wutanfälle als Ausdruck von etwas Echtem, Instinktivem zu sehen. Und seine Zurückhaltung, sein häufiges Schweigen, als ein Zeichen für innere Ruhe und große Empfindsamkeit. Seine Sturheit als Ausdruck seines starken Willens und gefestigten Charakters.
Was ich auch hervorhob und hochhielt: Mehrfach sorgte er selbst dafür, den Eigenschaften, die ich ihm zuschrieb, ihre Bedeutung zu nehmen. Er machte sich sozusagen selbst schlecht, bis kein gutes Haar mehr an ihm blieb. Oder: bis da nur noch die Charaktereigenschaften waren, die für nichts anderes standen als das, was sie tatsächlich waren: Jähzorn. Widersprüchlichkeit. Sprachlosigkeit.
Davor aber, davor erschien er mir wie ein Mysterium, er trug tausend Antworten in sich, ich musste nur die richtigen Fragen stellen. Ich suchte sie in seinem Rückgrat, wenn er sich nachts von mir wegdrehte. In seinen braunen, unergründ-

lichen Augen, wenn wir uns nach der Arbeit zu Hause wiedersahen. Ich suchte sie in den Spuren, die er hinterließ; in der Musik, die er hörte, den Filmen, die er sich ansah, und in den Büchern, die er las. Ich suchte sie in seinem Geruch im Bettzeug, in seinen Hemden und Jeans, in den feuchten Handtüchern auf dem Badezimmerboden, wenn er geduscht hatte. Ich versuchte, ihn mit allen Sinnen zu erfassen, aber er hinterließ keinen Abdruck, kein Zeichen, das mich weiterführte, und so fand ich auch die Fragen nicht, die Hinweise, die ihn wie durch einen Zauberspruch geöffnet hätten.
Habe ich es ungeschickt angestellt? War ich nicht neugierig genug? Nahm ich zu wenig Anteil? Ich habe es auf jeden Fall versucht, so gut ich konnte, zum Beispiel so:

Abends, wenn ich zugesehen hatte, wie er in der Küche stand und uns mit gebeugtem Nacken und unergründlichem Gesicht etwas zu Essen machte, wenn er abwesend durch das Haus gelaufen war, den Blick nach innen gerichtet, als spiele sein wahres Leben sich dort ab, hatte ich das Bedürfnis, mich neben ihn auf das Sofa zu setzen, so nah seine Grenzen es erlaubten. Wenn ich dennoch Abstand hielt, dann nicht, weil ich Angst hatte oder mich nicht traute, sondern, weil ich aus seinen raschen, ungeduldigen Bewegungen herauszulesen glaubte, dass das, worauf er reagieren könnte, keine Irritation war, keine äußere Störung, sondern im Gegenteil; dass da ein Vakuum in ihm war, ein leerer, saugender Raum, dass seine Wände, dass die ganze Konstruktion Gefahr lief, in einer stillen Implosion in sich zusammenzufallen. Ich spürte seine Abwesenheit so deutlich, so stark, dass mir immer wieder schwindlig wurde, wenn ich so dasaß. Dennoch legte ich manchmal eine Hand auf seinen Oberschenkel, lehnte meinen Kopf vorsichtig an seine Schulter, schlich und mogelte mich in eine Nähe, die knackte und krängte und zitterte, bis ich ihn schließlich vorsichtig etwas fragte, nach Antworten stocherte.

Ich sagte zum Beispiel:
Du, ich habe das Gefühl, dass irgendetwas nicht stimmt.
Du, ich habe das Gefühl, du bist traurig.
Ist etwas passiert.
Was ist denn los mit dir.
Kannst du mir sagen, was du hast.

Und er antwortete:
Ach so.
Das verstehe ich nicht.
Nein.
Ich weiß es nicht.
Es ist nichts.

Es war mein Blick. Ich war es, die ihn so sah. Erst hinterher habe ich es verstanden. Dass der Mangel an Tiefe, dass das Scheitern, das, was auf dem Sofa geschah, kein Zustand in ihm war. Es war meine eigene Leere, die er widerspiegelte.

~ 17 ~

Die Seevögel: Bei ihnen brüten beide, Männchen und Weibchen. Genau wie das Weibchen verlässt auch das Männchen das Nest nicht, egal wie schwierig die Wetterverhältnisse in den Kolonien auch sein mögen. Ich habe es selbst erlebt, während eines Forschungseinsatzes im Krykkefjell zu Beginn meines Studiums. Es war Frühling, doch mitten in der Brutzeit wurden die Dreizehenmöwen von einem gewaltigen Schneesturm überrascht, der sich schwer und kompakt auf die Felsregale legte und in die Nester eindrang, bis die Vögel vollständig in Schnee und Eis gehüllt waren. So verharrten die Pärchen tagelang, ohne sich zu regen. Von außen, von wo aus ich das Phänomen durch ein Fernglas beobachtete, sah man lediglich ihre Schnäbel aus dem Schnee ragen; sie waren das einzige Anzeichen dafür, dass sich überhaupt Lebewesen unter dem Schnee verbargen.
Nach dem Schlüpfen teilen sich die Eltern weiterhin die Arbeit. Während einer das Nest bewacht, fliegt der andere aus, um Futter für sich, den Partner und die Jungen zu suchen. Und so geht es rund um die Uhr, sie fliegen ein und aus, um die Jungen zu füttern, die viel fressen und schnell wachsen. Beide Eltern bleiben bei ihnen, bis sie groß genug sind und flügge werden. Bei den Dreizehenmöwen dauert das etwa sechs Wochen, bei den Basstölpeln ganze dreizehn, bei den Tordalken und Trottellummen dagegen tritt nach drei Wochen eine markante Veränderung in der elterlichen Zuständigkeit ein: Obwohl sie noch klein und längst nicht flügge sind, verlassen die Jungen zusammen mit dem Vater das Nest. Falls sie den gefährlichen gemeinsamen Sprung vom Fels herab überleben, bleiben sie anschließend bei ihm draußen auf dem Meer.

Dieses Bild lässt mich an etwas anderes denken und an einen ganz anderen Ort. Zwar grüble ich über Seevögel, Bruterfolge und Bestände nach, sehe dabei aber S. und Lina, Jo und Maria vor mir. Und dann, als würden die Elektronen von einer Umlaufbahn in die andere überspringen, sehe ich plötzlich Olaf und Niels vor mir. Olafs Verbundenheit mit Niels, Niels' Verbundenheit mit Olaf, und was sich in der kurzen Zeit, die sie miteinander hatten, zwischen ihnen abspielte:

Borghild fiel es an einem ganz gewöhnlichen Frühlingstag auf, als der Junge etwa sechs Monate alt war. Sie und Olaf standen nach der Schafschur im Stall. Borghild war damit beschäftigt gewesen, die Wolle auszusortieren, die gewaschen und kardiert werden sollte, während Olaf die eben geschorenen Tiere mit frischem Gras fütterte, das er ihnen mit einer Heugabel in die Boxen warf. Mitten in der Arbeit hielt er plötzlich inne, lauschte und stellte dann mit abwesendem Gesichtsausdruck die Heugabel beiseite.

»Der Junge weint«, sagte er und sah sie an.

»Ja, er hat wahrscheinlich Hunger«, sagte sie und wischte sich die Hände an der Schürze ab, ihre Finger ganz fettig von der Wolle. Noch ehe sie etwas tun konnte, war er zum Stall hinaus. Verwundert schaute sie ihm nach, sah die Staubkörner, die im Licht der offenen Stalltür umherwirbelten. Sie schob sich eine Haarsträhne unter das Kopftuch zurück und schüttelte den Kopf. So war das also. Olaf war ganz verrückt nach dem Jungen. Sie stellte sich in die Türöffnung, nahm das Stimmengewirr ihrer spielenden Töchter wahr und dass das Weinen verstummt war, und als die Sonne warm auf sie fiel, empfand sie Schmerz, aber auch eine Art Erleichterung. Olaf hatte den Sohn bekommen, den er sich so gewünscht hatte. Und natürlich war es recht und billig, dass er ihm gegenüber so fürsorglich war. Auch wenn er den Töchtern immer ein guter Vater gewesen war, hielten diese sich doch eher an sie.

Borghild ging ins Haus. Olaf saß auf einem Hocker und schaukelte die Wiege, während Niels ihn mit großen Augen ansah. Sie hob den Jungen heraus, ohne etwas zu sagen, setzte sich auf die Pritsche und legte ihn an ihre Brust. Er trank gierig, und als er sich zu seinem Vater umdrehte und ihn anlächelte, satt und zufrieden, wie es schien, hob sie ihn hoch und knöpfte ihre Bluse wieder zu. Sie stand auf, wollte ihn in die Wiege zurücklegen, doch Olaf streckte die Arme aus, nahm den Jungen vorsichtig entgegen und blieb mit ihm an der Schulter auf dem Schemel sitzen.

Und so ging es weiter, die gesamten zwei Jahre, die Niels lebte. Olaf nahm ihn mit in den Stall, sei es, um Holz zu hacken oder die Tiere zu füttern, er ließ ihn beim Fischausnehmen zusehen, beim Reparieren der Netze, beim Schleifen von Axt, Sichel und Messern, er nahm ihn mit auf kleine Ausflüge, sobald er laufen konnte, und bestand sogar darauf, dass Niels, so klein er war, beim Schlachten zusah. Olaf war so darauf bedacht, ihn bei allem, was er tat, dabeizuhaben, dass er sogar nach ihm rief, wenn er die gesalzenen Schafhälften unter dem Dach zum Trocknen aufhängte.

Niels erwiderte die Aufmerksamkeit seines Vaters mit einer Hingabe, die sich in seinen runden Wangen spiegelte, und bereits mit einem Jahr watschelte er mit Holzspänen am Hosenboden und Fischblut an den Fingern über den Hof. »Meine Güte, jetzt lass ihn doch mal!«, rief Borghild zuweilen aus, doch dann ließ sie Olaf gewähren. Der Junge sollte offenbar früh lernen, Verantwortung zu übernehmen, natürlich unter den sanften, wachsamen Augen seines Vaters. Im Grunde passte es Borghild nicht schlecht, sie hatte genug mit ihren eigenen Angelegenheiten zu tun. Und vielleicht trug das wiederum dazu bei, dass Olaf den Jungen umso stärker an sich band. Borghild sei nicht aufmerksam genug, behauptete er manchmal, und hin und wieder schien es tatsächlich, als hätte er den Jungen am liebsten ganz für sich allein.

Genau daran dachte Borghild vermutlich in ihrer Trauer um Niels. An die überraschende Bedeutung, die er für Olaf gehabt hatte. Mit Niels' Geburt hatte seine Arbeit, ja der ganze Ort hier, einen neuen Sinn bekommen, von dem sie nicht gewusst hatte, dass er ihn vorher vermisste.

War es wirklich so?
Ich spinne einen Faden aus Luft und meinen eigenen Erfahrungen; gehe ich damit zu weit?

~ 18 ~

S. Er ist derjenige, der sich um Lina kümmert. Er ist derjenige, der zuverlässig und aufmerksam auf sie aufpasst, ihr zu essen, Trost und Liebe gibt, der sie jeden Abend zudeckt, wenn Schlafenszeit ist. Das ist selbstverständlich, ja, natürlich, für die Monate, die ich weg bin. Das sage ich mir immer wieder. Ich könnte Lina hier draußen unmöglich bei mir haben. Das unberechenbare Wetter, die Touren zum Vogelfelsen, die vielen Wochen der Einsamkeit, abgeschnitten vom Rest der Welt. Ich würde gar nicht zum Arbeiten kommen, kein bisschen. Also noch einmal: Im Grunde ist es selbstverständlich. Aber wie so viele andere Selbstverständlichkeiten im Leben von S. und mir ist auch diese das Ergebnis eines erbitterten emotionalen Kampfes. Ich habe ihm Lina überlassen, habe die Verantwortung und das Sorgerecht für sie widerspruchslos abgegeben, ohne zu protestieren, und zwar nicht, um mich von meinen Schuldgefühlen freizukaufen, und auch nicht aufgrund seines Verhaltens, wegen der vielen beunruhigenden Vorfälle. Sondern, weil er mir ganz konkret gedroht hat.

S.: Wenn du Lina kriegst, kriege ich dich.
S.: Wenn ich sie bekomme, lasse ich dich vielleicht in Ruhe.
S.: Ich kenne dich, ich kenne deinen wunden Punkt.
S.: Ich finde euch, egal, wo ihr seid.

Ich sitze am Tisch. Überprüfe die letzten Messungen, die ich vom Datenlogger und der Boje im Meer unmittelbar vor mir heruntergeladen habe. Es ist dunkel. Die einzige Lichtquelle ist der Computer, ein blauweißes Rechteck aus Licht, das ins Zimmer fällt, mich anzieht wie die Tür zu einem Geheimver-

steck. Natürlich muss ich mir die Frage stellen, oder besser gesagt: zugeben, was zumindest teilweise der Grund dafür ist, dass ich mich in diesem Moment so weit weg, meilenweit entfernt von anderen Menschen und der Zivilisation befinde – und bis jetzt auch noch vollkommen allein.
Ich habe mich versteckt. Das habe ich. Mich wie eine piepsende Maus vergraben, aus Angst vor der Wut, der Macht der Worte, mit denen S. mich bedroht hat. Worte, die mir schon die Kehle zuschnürten und den Atem nahmen, lange bevor es ihm gelang, mich auch physisch zu treffen. Ich kann mir nicht länger etwas vormachen. Meine Forschung ist von Ehrgeiz getrieben, von dem festen Willen, das Ziel zu erreichen, das ich mir gesteckt habe, ja; aber ich habe das Projekt auch bewusst vorangetrieben, habe vielleicht sogar überstürzte Entscheidungen getroffen, weil ich mich genötigt sah, ihm einen plausiblen Grund zu nennen, warum ich wegmusste, ein konkretes Vorhaben, um ihn in Sicherheit zu wiegen. Die Finanzierung hatte ich bereits geklärt. Für die Vorbereitungen brauchte ich ein halbes Jahr. Und jetzt bin ich hier. S.' allsehendem Blick entzogen, und hoffentlich auch aus seinen Gedanken verschwunden. Aber für wie lange?

Es ist dunkel, so furchtbar dunkel. Ich zünde die Wandleuchten an. Die Lampe über dem Herd. Die Dunkelheit ist wie Erde, ich grabe mich weiter voran, bis zu dem Punkt, an den ich bei Tageslicht, in der leichten Durchsichtigkeit der Dinge, selten komme. Ich fröstele, reibe mir die Oberarme. Wenn es doch nur eine objektive Wahrheit gäbe! Eindeutig und unerschütterlich. Aber ebenso wie für Gefühle gibt es für sie keinen Maßstab. Keinen festen Richtwert. Sie ist unstet, ändert Richtung und Farbe, und in diesem Moment hat sie zwei Seiten, lässt sich von einer konkreten, vermeintlich objektiven Absicht herleiten, unterliegt zugleich aber auch meinen subjektiven Gefühlen. Denn wahr ist auch das: Ich habe einen

Freiraum geschaffen, Platz für Jo und mich. Ein Nest, in dem wir miteinander schlafen und uns lieben und in einer konturlosen, allumfassenden Sphäre verschwinden können, ohne Einmischungen, Konfrontationen und Störungen, weit, weit weg von S., der nichts davon weiß, nicht die geringste Ahnung von meinem eigentlichen Plan hat und welchen Lohn ich für meine Mühen vorgesehen habe.

~ 19 ~

Während ich warte, verausgabe ich mich immer wieder, gehe bis an meine Grenzen und weiter, bis ich nicht mehr kann. Ob abends, nachmittags oder morgens, ziehe ich mich schnell an und fülle Benzin ins Schneemobil, um einfach in das weiße Nichts hinauszufahren. Meine Oberschenkel um den Sitz, den Daumen fest am Gas. Ich rase über kleine Gletscher und Schneewehen, so schnell und verwegen, dass die Maschine unter mir zittert und brüllt, bis zu dem Augenblick, in dem wir schwerelos durch die Luft sausen und ich ein oder zwei Sekunden lang nicht weiß, wie und wo wir landen werden. Dann erst lasse ich locker. Verschwitzt und mit klopfendem Herzen.

Wenige Stunden später gehe ich in den Schuppen. Nehme mir einen Sack Holz vor, stelle mich breitbeinig mit der Axt vor den Hauklotz, lege die Schneide an das erste Holzscheit, hebe die Arme und zerteile das Scheit in immer kleinere Stücke. Und so mache ich weiter, Arme hoch, mit aller Kraft herunter, rhythmisch, beinahe meditativ; ich sehe die Klinge durch das Holz fahren, das wie trockenes, altes Fleisch zerfasert, bis der Sack leer ist und die Holzspäne rings um mich herumliegen wie Sägespäne in der Manege.

Im schwachen Tageslicht, das langsam mehr wird, Tag für Tag, habe ich mich manchmal auch schon vor die Hütte gestellt und gebrüllt. Dem Meer und dem Fjord zugewandt, krümme ich den Rücken, ziehe die eiskalte Luft ein, so tief ich kann, und mit angespannten Muskeln, die Hände zu Fäusten geballt, stoße ich die Luft wieder aus, in den tiefsten und höchsten Tonlagen, die meine Stimmbänder hergeben. Ich lasse alles raus, Stimme, Energie, aber auch Wut, alles bricht in diesem Strom hervor. Die Kraft, die in mir steckt, der Sturm, der aus meinem Inneren über die Ebene und den Fjord hinwegfegt, gefolgt von einer erstaunlichen, aber vollkommenen Stille, überzeugt mich für einen Moment davon, dass ich allein bestimmen kann, nicht nur über mich selbst, sondern auch über andere Menschen und vielleicht sogar über die Natur.

Über mich selbst bestimme ich mehr denn je. Abends unter der Decke befriedige ich mich selbst, folge jedem Gedanken, der mir durch den Kopf schießt, bis ich vor Lust zittere. Ich stinke nach Benzin, Bratfett und Schweiß. Meine Arm- und Halsmuskeln sind ausgeprägter als früher, das sehe ich im Spiegel in der Küche. Ich strotze derart vor Kraft und Selbstbewusstsein, dass ich beschließe, endlich die Nachricht von S. zu lesen – zwei Wochen nachdem ich sie bekommen habe.

Ich lese sie direkt vor dem Schlafengehen. Ich hätte mich sowieso anschließend hinlegen müssen. Irgendwie erschöpft. Davon, ihn an mich heranlassen zu müssen. Seine Worte sich ausbreiten, sich direkt an mich wenden zu sehen. Egal wie einfach und unzweideutig seine Nachricht auch sein mag.
Ich sitze auf der Bettkante, starre auf das Display, dieses bläuliche Kraftfeld, das mich anzieht, jetzt allerdings eher wie eine Falltür zur Unterwelt. Ich öffne erst mein Postfach, dann die Nachricht. Darin steht nur ein Satz. Ein kurzer. Mir wird bewusst, dass ich ihn schon viele Male zuvor gelesen und gehört habe, wenn auch in anderen Variationen:
Glaub nicht, dass du mir je entkommst.

~ 20 ~

Im Wechsel der Mondphasen, von Neumond zu Vollmond, von Stockdunkelheit zu Silberglanz mit scharfen Kontrasten zwischen Licht und Schatten, an einem dieser Tage, an denen der Mond abnimmt, weckt mich ein Ziehen im Unterleib. Natürlich kenne ich das, es kommt auch nicht unerwartet. Schon am Abend habe ich einen braunen Streifen in meiner Unterhose entdeckt und deshalb vor dem Zubettgehen eine Binde eingelegt, gut vorbereitet, dachte ich, falls die Blutung über Nacht stärker werden sollte. Ich liege da und spüre dem Schweregefühl im Becken nach, wie es schwillt, schwammartig, vom Nabel bis zu einem Punkt irgendwo an meinem Rücken. Ich bewege mich vorsichtig und merke, dass es über den Damm fließt, wie ich befürchtet habe, ein gleichmäßiger Strom, der sich in die Binde ergießt, aber auch in die Poritze, von wo das Blut dann hinten in die Unterhose herunterlaufen und zäh und klebrig ins Bettzeug sickern kann. Ich presse die Beine zusammen, schwinge sie über die Bettkante, und, eine Hand fest in den Schritt gelegt, trippele ich gebückt über den Boden des Schlafalkovens und durch die Stube Richtung Ausgangstür, wo ich mich in der Eile an der Wand stoße, und dann renne ich mit nackten Füßen die drei, vier Schritte über den Schnee zum Außenklo. Gott, was für eine Sauerei! Ich zerre und reiße am Toilettenpapier, stopfe es mir zwischen die Beine, wische mich sorgfältig ab und lasse mich dann auf den Sitz sinken, lasse alles auf die gefrorene Pfütze unter mir rinnen. Ziemlich bald merke ich, wie Kälte und Frost mir in die Zehen beißen, auch meine Beine werden kalt, und obwohl sie langsam taub werden, muss ich meine Füße in den eiskalten Boden stemmen, aufstehen und mich noch einmal mit viel Papier abwischen. Dabei trippele ich die ganze Zeit auf und ab, um wenigstens ein bisschen Wärme zu halten. Als endlich kein Blut mehr auf dem Papier ist, reiße ich die Tür des Außenklos auf, um wieder ins Haus zu gehen, bleibe aber erschrocken stehen, obwohl ich eigentlich weiß, was das da draußen ist. Blutflecken im Schnee, vom Eingang bis zum Außenklo, sie sehen aus wie Kampfspuren oder als wäre ein verletzter Mensch zur Tür hinausgelaufen, um sich hinter einer anderen Tür zu verstecken. Diese Blutflecke sehen seltsam dramatisch aus, und ich nehme mir vor, sie so zu lassen, bis sie auf natürliche Weise verschwinden, durch mein eigenes Hin- und Herlaufen oder durch den nächsten Schneefall.

~ 21 ~

Zweiundzwanzigster Januar. Die Sonne steht fett und rund knapp über dem Horizont, gelb in gelb rinnt es im Überfluss vom Himmel und über den Fjord, wie reine, frisch geschmolzene Butter. Die Sonne ist zurück. Was für ein Fest! Ab jetzt wird sie höher und höher steigen, bis sie Mitte Mai für mehrere Monate nicht mehr untergeht. Ich stehe vor der Hütte und nehme die Strahlen in mich auf; es knistert und funkelt und glitzert über den Hügelkämmen und Schneewehen; ein Anblick, ein Ereignis, das mit frischem Fisch gefeiert werden muss.

Entlang der Ebene ist das Ufer flach, aber im Süden, am Ende der Bucht, ragt eine Halbinsel ein Stück aus dem Fjord heraus. Ich fahre über die Ebene, stelle das Schneemobil neben einem Felsen ab, nehme die Angel und klettere die Böschung hinauf, bis ich auf die Spitze gelange und die Schnur auswerfen kann. Die See ist hier ruhiger als am Vogelfelsen, wo das Meer mit Wucht auf das Land prallt. Dennoch schnappen auch hier kabbelige Wellen wie mit salzigen, durstigen Zungen nach der Landspitze. Ich werfe die Angel aus, ziehe die Schnur wieder ein, werfe sie aus, ziehe sie ein. Ich habe die Sonne im Rücken, den Fjord vor mir: breit, langgezogen und nackt. Das andere Ufer ist kaum zu erkennen. Das einzige Lebendige hier ist das Wasser, das sich bewegt, gluckst und sich am Land reibt wie ein riesiges, unförmiges Tier. Es ist, als wolle es seine Kräfte mit mir messen, mich zu einem Kampf herausfordern, und für einen Moment fühle ich mich ausgeliefert, unendlich einsam, was ich ja auch bin, doch nur wenige Minuten nachdem ich diesen Gedanken gedacht habe, ruckt es an der Angel.

Nacheinander ziehe ich drei kleine Fjordkabeljaue heraus und bin zufrieden. Ich nehme den Fang vom Haken und breche den Fischen, eine Hand um den Bauch, die andere um die Kiemen gelegt, das Genick. Dann werfe ich sie auf den harten Schnee, wo ihre glatte, glänzende Haut die Sonne reflektiert, ein paarmal zucken sie in einem letzten Krampf, etwas Blut rinnt ihnen aus dem Maul. Ich hocke mich hin, ziehe das Messer aus der Scheide, fahre mit der Spitze durch die Bauchdecke, nehme die Eingeweide heraus, die mir zwischen den Fingern herausquellen, um dann noch tiefer zu graben und die zähen Fleischfasern herauszureißen.
Während ich konzentriert den ersten Fisch ausnehme, höre ich einen heiseren Schrei über mir. Eine Mantelmöwe. Wo die wohl herkommt? Während ich geangelt habe, ist nicht eine Möwe zu sehen gewesen. Ich mache mit den beiden anderen Fischen weiter; Messer rein, Eingeweide raus. Als ich mich aufrichte und das Messer wieder in die Scheide stecke, höre ich es wieder, das Schreien, diesmal aber von drei, vier Vögeln. Mit ihren scharfen Schnäbeln kreisen sie über mir, schlagen gierig mit den Flügeln, und tatsächlich, da stößt einer herab, direkt auf mich zu, schnappt sich eine Fleischfaser, die lang und dünn herabhängt, als er über dem Fjord abdreht und versucht, seine Beute zu verschlingen. Mit einem Mal herrschen wildes Geschrei und Flügelschlagen. Sie kämpfen zu mehreren um die Beute, fünf, sechs Mantelmöwen sind hinzugekommen, und nun kreisen sie über mir, lechzen nach den Eingeweiden, die ich ins Meer werfen werde. Ich spüre meine Macht: In einer Pfütze von Fischblut stehend, das Aas in der Hand. Ich freue mich über die Wachsamkeit der Vögel, wie sie spontan näher kommen und es ihnen gelingt, sich die Beute zu schnappen, sobald ich die Faust schüttele. Ich halte den kleinen Schwarm ein paarmal zum Narren, dann werfe ich die Eingeweide ins Meer, lache laut auf, als ich sie durch die Luft segeln sehe und der Himmel voller krummer Schnä-

bel und langer, knochiger Vogelbeine ist. Immer einsatzbereit, denke ich und lache erneut, übertrieben laut, um meinen rechtmäßigen Platz zu behaupten; eine Menschenstimme, stark und durchdringend, über ihrem Kauderwelsch aus Tiergeschrei.

Ich nehme die Fische, packe meine Angel und verlasse den Felsen. Mehrmals drehe ich mich nach dem Festschmaus um, dann gehe ich weiter, die Vogelschreie werden leiser. Als ich die Böschung wieder hinunterklettere, wende ich ein letztes Mal den Kopf, doch da ist der Himmel bereits ebenso groß und leer wie die Stille nach dem Vogellärm. Ich konzentriere mich auf den Abstieg, nehme die Angel in dieselbe Hand wie die Fische, um besser voranzukommen, halte beides mit ausgestreckter Hand, während ich mit den Füßen Halt suche. Jäh spüre ich einen Schlag gegen meine Schulter. Ich taumele, als hätte mich jemand gestoßen. Die Angel zuckt mit einem reißenden Geräusch, und hoch über mir sehe ich, wie die Schnur sich löst, einen Bogen beschreibt, dünn und leicht wie eine Spinnwebe an einem Sommertag, um dann herabzufallen, den Angelhaken voraus. Ich nehme einen Stich wahr, ein Brennen auf der Wange, und dann, ohne zunächst den Zusammenhang zu begreifen: dass die Angel sich in irgendetwas verhakt hat. Ich reiße daran, und verwirrt und blutüberströmt spüre ich, wie meine Haut nachgibt, und dann, wie auch der Boden unter mir nachgibt, sodass ich mich geradezu selbst den Abhang hinunterreiße, das Gleichgewicht verliere und falle.

Ich stürze, aber nicht tief, zwei, drei Meter vielleicht, in freiem Fall. Doch es reicht, um mich an ein Phänomen zu erinnern oder etwas vor mir zu sehen, das mehrere Jahre zurückliegt, während einer Feldstudie an einem Vogelfelsen weiter südlich. Es war ein trüber Tag, dick und kompakt wie Schafwolle stand der Nebel um das Fjell, das sich über dem Meer auftürmte, voll mit Nestern, dicht an dicht auf jedem Felsregal.

Auf einem Vorsprung legte ich mich mit einer Periskopstange in der Hand auf den Bauch. Ich wollte einen Datenlogger in einem der Nester platzieren, um die Temperatur zu messen, doch wegen des Nebels hatte ich ziemlich zu kämpfen. Über mir und um mich herum hörte ich gewaltigen Lärm, Vogelschreie und das Flattern der Möwen, die von und zum Felsen flogen. Daran muss ich denken, als ich falle. Das erstaunliche Phänomen, dass Vögel so geschickt navigieren. Dass sie genau wissen, wo sie hinmüssen, wenn sie durch den Nebel stoßen, und immer genau das richtige Nest treffen.

~ 22 ~

Die Wellen, der Herzschlag des Meeres, rollen an Land, ziehen sich zurück, ein gleichmäßiger Rhythmus, mal im Takt mit den Schlägen meines eigenen Sinusknotens, dann wieder nicht. Das Geräusch lullt mich ein und wiegt mich in den Schlaf wie ein Kind, ich bin eins mit meiner Umgebung. Ich schlafe tief. Und ich schlafe lang. Als ich die Augen öffne, ist es schon fast Morgen.

Durch einen Spalt im Vorhang fällt das schwache Licht der Wandleuchten. Das Aggregat ist eingeschaltet und aus dem Ofen ist das vertraute Knistern vor sich hin brennenden Holzes zu hören. Es ist warm in der Hütte und unter der Decke so gemütlich, dass ich am liebsten einfach weiterschlafen würde. Ich räkele mich ein wenig und gähne. Plötzlich erstarre ich. Ein intensiver, scharfer Schmerz fährt durch meinen Knöchel. Auch kann ich den Mund kaum öffnen, von den Lippen bis zur Schläfe pocht es empfindlich. Ich greife mir an die Wange, setze mich im Bett auf. So verharre ich einen Moment und schaue mich verwirrt im Zimmer um, dann reiße ich mich zusammen und schiebe die Decke zur Seite. Mein Knöchel ist verbunden. Sorgfältig. Ordentlich. Und mit den Fingerkuppen, die immer wieder mein Gesicht berühren müssen, ertaste ich ein Pflaster, das von meinem Kiefer bis zur Nase reicht. Ich schaue auf die Uhr, schließe die Augen und versuche konzentriert, mich zu besinnen, was passiert ist. An die Möwen, das Angeln und den Fang kann ich mich deutlich erinnern, und dass ich anschließend die Böschung hinuntergeklettert und gestürzt bin. Ich greife mir an den Kopf, presse die Finger gegen die Stirn. Aber daran. Wie ich von der Halbinsel zurück zur Hütte gefahren bin. Mir den Knöchel verbunden und den Ofen angeheizt habe. Nein, daran kann ich mich nicht erinnern. In mir ist alles vollkommen blank. Wie die Ebene.

Ich stelle meine Füße auf den Boden. Versuche auf beiden Beinen zu stehen, aber da ist wieder dieser verfluchte Schmerz. »Verdammt«, rufe ich laut. Humpelnd, um den Knöchel nicht zu belasten, stolpere ich aus dem Alkoven, halte zwischen Küchen- und Wohnbereich inne und sehe mich um. Nichts Auffälliges, abgesehen von einem schwachen Fischgeruch. Ich humpele weiter, drücke einen Finger in das Fischfleisch. Wie ich vermutet habe, ist es gut durchgezogen, servierfertig. Ich gehe entschlossen weiter, öffne die Eingangstür. Das Schneemobil steht an seinem Platz, da, wo ich den Schnee geräumt habe. Ich werfe die Tür wieder zu, bleibe einen Moment verwirrt und regungslos stehen, dann lasse ich mich auf einen Stuhl am Holztisch sinken, den Kopf in die Hand gestützt. So verharre ich und grübele über die Ereignisse des vergangenen Tages nach, bis die Kälte mir unter die Wollunterwäsche kriecht und ich einen Schimmer Tageslicht am Horizont entdecke. Oder ist es das Satellitentelefon im Fensterrahmen, das meine Aufmerksamkeit auf sich zieht? Das Symbol in der rechten Ecke, das eine ungelesene Nachricht anzeigt?

Sie ist von Jo. Ich lese sie verblüfft, schaue dann in mein verwirrtes Gesicht, das sich in der Fensterscheibe spiegelt. Ich sammle mich, lese die Nachricht erneut, begreife aber immer noch nicht, worauf Jo sich bezieht: *Schön, dass du es bis dahin aushältst. Gute Besserung!*

Ich seufze, und während ich versuche, einen Zusammenhang zwischen der Nachricht und meiner Verwirrung beim Aufwachen herzustellen, sehe ich, wie meine Finger über die Tastatur fliegen, als gehörten sie nicht zu mir, und dann öffne ich die anderen Nachrichten, die offenbar zwischen uns hin- und hergegangen sind, fünf insgesamt, zwischen zehn und halb elf gestern Abend:

1. *Hatte einen Unfall. Angelhaken in der Wange. Verstauchter Knöchel. Alles okay.*
2. *Du Arme! Was ist passiert?*
3. *Habe Kabeljau geangelt. Bin einen Abhang runtergefallen.*
4. *Wie geht es dir jetzt? Brauchst du Hilfe?*
5. *Nein, alles gut. Bin in ein oder zwei Tagen wieder auf den Beinen.*

Ich kann mich nicht erinnern, diese Worte geschrieben zu haben, mit dem Telefon herumgelaufen zu sein, nach einer Verbindung gesucht zu haben, egal ob draußen oder drinnen. Wie hätte ich das auch tun sollen, mit meinem schmerzenden Knöchel? Das kann nicht ich gewesen sein. Oder – ich war nicht ich selbst. Mir war nicht gut, oder ich war kurz bewusstlos, das muss es sein. So versuche ich mich zu beruhigen, mir gut zuzureden, während ein Kribbeln mein Rückgrat hinaufläuft. Ich schaudere, greife mir in den Nacken, rolle die Schultern, wie um mich von einem physischen Unbehagen loszureißen. Einen Augenblick lang will ich weinen, es zuckt in meinen Mundwinkeln, meine Augen füllen sich mit Tränen, aber dann beiße ich mir auf die Fingerknöchel. Wenn ich hierbleiben will, darf ich mich nicht irgendwelchen Phantasien über schreckliche Ereignisse hingeben. Ich bin gestürzt. Hatte einen kleinen Aussetzer. Das ist das Einzige. Das ist alles.

~ 23 ~

Ich liege unter der Decke, rudere verzweifelt mit den Armen in einem eiskalten Meer und versuche, mich an umhertreibenden Eisschollen festzuklammern. Ich bekomme eine Kante zu fassen, ziehe mich hoch, aber sobald ich Schwung hole, kippt die Scholle, ich verliere den Halt und rutsche ins Wasser zurück. Ich will es nochmals versuchen, bei der nächsten Eisscholle, die herantreibt, größer diesmal, aber sie rast in hohem Tempo auf mich zu und prallt heftig gegen meinen Kopf. Ich erwache schweißgebadet, gleichzeitig ist mir eiskalt. Das Jammern, die klagenden Laute, die ich gehört habe, kommen sie aus meinem Traum oder von irgendwo in der Hütte? Ich liege da wie gelähmt, schwer und unbeweglich, bis ich einen kräftigen Herzschlag spüre und sich ein Kribbeln von meiner Brust bis in alle Gliedmaßen ausbreitet. Die Maus in der Anrichte, ich muss zusehen, dass ich ihr endlich den Hals umdrehe, denn jetzt höre ich sie über den Boden huschen, die Krallen scharren über die Dielen, abwechselnd scharf und weich. Oder sitzt da jemand am Tisch und schreibt, ist das ein Stift auf Papier, was ich höre?

So dazuliegen, auf die Umgebung zu lauschen, nein, das halte ich nicht aus. Und dass ich fiebrig bin, hilft meiner Wahrnehmungsfähigkeit auch nicht. Meine Sinne sind empfindlich wie dünnes Glas; das Licht ist zu grell, die Geräusche zu laut, die Decke zu hart. Ich schaudere und zittere und fahre erschrocken zusammen, es ist anstrengend zu spüren, wie die Phantasie in meinem fiebernden Körper wütet; selbst der Schrank und die Wände und die Schubfächer scheinen mich abwartend anzustarren. Und jetzt höre ich es erneut, dieses Jammern, wenn auch leiser als beim letzten Mal. Kommt es

von mir selbst oder vom Ofen? Ist es die verlöschende Glut? Oder sind es die Holzscheite, die zusammenfallen und zu Asche werden?
Ich blicke zur Decke. Zwinge meine Gedanken auf das offene Meer, genauer gesagt auf den nordwestlichen Atlantik und in die Meeresgebiete zwischen Neufundland und dem mittelatlantischen Rücken. Wo sich die Möwen jetzt im Winter aufhalten, bis März, April, und wo sie, meilenweit vom Festland entfernt, im zaghaften Wechsel zwischen Sonnenaufgang und Sonnenuntergang über weite Flächen schweben und nach Futter suchen, Beutetieren wie Hering, Breitling, Lodden und Krill. Ich versuche an konkrete, meteorologische Problemstellungen zu denken wie die Konsequenzen der Meereserwärmung; an die Versauerung, das Aufkommen von Parasiten und die Veränderungen der Nahrungsgrundlage; an Verhältnisse, die verhindern könnten, dass die Vögel in den Kolonien ankommen, brüten, sodass die gefährdeten Bestände sich nicht vergrößern, und gleichzeitig bedauere ich, dass ich Jo nicht um Hilfe gebeten habe beziehungsweise dass er es nicht selbst begriffen hat, dass es Zeit wird, dass er herkommt, zu mir. Wieder diese hilflose Ängstlichkeit, ich ertrage sie nicht und zwicke mir fest, ganz fest in die Haut.

~ 24 ~

Es ist eiskalt drinnen. Wind und Schnee pfeifen um die Hütte. Von der Fensterluke über dem Bett ist es unmöglich, draußen etwas zu erkennen, der Schnee liegt dicht gepackt vor der Scheibe. Ich lasse mich ins Bett zurücksinken. Wickele mich in die Decke ein. Wieder kann ich nur warten. Darauf, dass der Sturm sich legt und das Schneetreiben abnimmt. Und ebenso im übertragenen Sinne, auf mikroskopischer Ebene: darauf, dass die Bakterien in meinem Blutkreislauf sich geschlagen geben und die Fieberattacken nachlassen.

Zwei Stürme, zwei Stunden währende Kämpfe mit nur kurzen Pausen. Das ist mehr, als ein Mensch allein ertragen kann. Ich kann förmlich spüren, wie meine Abwehrkräfte schwinden, und schon fängt es wieder an. Widerstandslos lasse ich mich von den Bildern fortreißen, die auf mich einstürmen, schon greifen sie alles, was ich so sorgfältig in Zahlen und Statistiken gebannt hatte, an, die Systematik an sich, den Schutzwall gegen die Gedanken, die mich sonst so leicht übermannen. Als Erstes tauchen die Gesichter von Lina und S. auf, danach Jos, Marias und Grys. Gesten und Mienen, Bruchstücke von Ereignissen und Szenen treiben um mich herum wie Zweige auf einer Wasseroberfläche, um dann in einen Malstrom gerissen zu werden, tief in meinem Inneren, und sich dort festzusetzen, mich vollzustopfen, bis meine Tränen überfließen und ich still und unbeweglich daliege wie algengrünes Wasser. Ich spüre, wie sich eine Lücke öffnet, einen befreienden Atemzug lang, doch als ich gerade wegdämmern will, weckt mich eine Frage, die mich wie ein Stein trifft. Ich setze mich auf, wiederhole die Frage, flüstere leise vor mich hin: Wie konnte ich nur?

»Wie konntest du nur?«, brüllt Olaf noch einmal und schlägt mit der Faust auf den Tisch, so hart, dass die Holzbeine auf dem Lehmboden zittern. »Wie konntest du den Ofen so einheizen? Und warum in aller Welt hast du ihn oben bei den Mädchen schlafen lassen? Du wusstest doch, dass man auf ihn achtgeben muss!«
Borghild duckt sich unter der Flut seiner Fragen, ballt die Fäuste, um nicht unter dem Gewicht von Olafs Zorn zusammenzubrechen. Er braucht es nicht immer wieder zu sagen, seit Monaten klagt sie sich unablässig selbst an: wie sie so leichtsinnig sein konnte. Das übertriebene Heizen. Den Fehler, den Kleinen oben bei den Schwestern schlafen zu lassen. Doch in die Ecke gedrängt von seiner Wut, verschließt sie sich, zieht sich zurück. Sie kann seine Verdammung nicht hinnehmen, denn wie sollten sie dann noch zusammenleben? Den Mädchen ist jedenfalls kein Vorwurf zu machen. Sie sind alle fünf groß, aber längst nicht der Verantwortung gewachsen, die sie ihnen an jenem Abend auferlegt hat. Jede von ihnen dachte, dass eine der anderen Niels mit aus dem Haus nehmen würde, und außerdem: Wer denkt an andere, wenn das Feuer nach den eigenen Haaren, Kleidern und Füßen greift? Es galt, den Flammen zu entkommen, um nicht selbst zu verbrennen.
Sie sitzen am Feuer in einer Torfhütte, jeder auf seinem Hocker. Eine provisorische Unterkunft, wo sie wohnen können, bis das neue Haus auf der Brandruine fertig ist. Olafs Wutausbruch hat sich gelegt, Borghild atmet auf, und kurz darauf sitzen beide mit gefalteten Händen da. Sie danken Gott für die Hilfe, die ihnen die Leute von weiter drinnen im Fjord geleistet haben, die ihnen mit Essen, Kleidung und Werkzeug ausgeholfen haben, aber auch beim Transport von neuen trockenen Balken zur Seite standen. Und nicht zuletzt danken sie für die Kinder. Die Leben, die Gott ihnen erhalten hat. Nach dem Gebet kann Olaf dennoch nicht an sich halten.

Gebückt steht er unter dem niedrigen Dach, starrt aus dem Fenster und auf die Baustelle des neuen Hauses und flüstert heiser: »Was du alles zerstört hast.« Dann geht er ohne ein weiteres Wort wieder an die Arbeit. Was gesagt werden musste, ist gesagt. Nachdrücklich. Und zum wiederholten Male.

Sie stellt sich an die Fensteröffnung, sieht, wie der Wind an seinem Pullover zerrt, ihm über die Schultern streicht bis zu der Vertiefung im Rückgrat, in der Schweißflecken sichtbar werden, sieht ihn, wie von einer unsichtbaren Kraft gebeugt, sich zu dem gelb-weißen Holz niederbücken, zu den Balken, die er auf die Grundmauern geschichtet hat, die nach dem Brand zurückgeblieben sind. Es zieht ihn zu einem ähnlichen, aber doch fremden Haus, denkt sie.

Sie vermisst es, in seinen Armen zu liegen. In der Torfhütte schlafen sie jeder auf einer eigenen Pritsche. Auch im Stall versucht er nicht mehr, sich ihr zu nähern, es geht immer nur um Dinge, die den Alltag betreffen. Sie steht auf, zieht ihr Kopftuch zurecht, öffnet die Tür und tritt ins Frühlingslicht hinaus, es kommt ihr hell und durchdringend vor wie ein Schrei. Sie hebt den Rock, läuft mit langen Schritten über den Hof und das Gras, das zwischen den morschen Schneeflecken hervorbricht. Außer Atem nähert sie sich dem Neubau, Olaf hat ihr den Rücken zugekehrt, die Axt in der Faust. Sie berührt seine Schulter, und als er sich umdreht, sind seine Augen groß. Der Blick eines Tieres, denkt sie, wild, beinahe wahnsinnig, wie bei dem Hund, den sie einmal hatten. Sie streckt erst eine Hand aus, dann beide, ratlos und plump hängen sie im leeren Raum zwischen ihnen, sie sieht es selbst und zieht sie rasch zurück.

Kleine Wolken mit sahneweißen Spitzen treiben über den Himmel, Licht und Schatten flackern über grünen Keimen und jahrealten Grasbüscheln, die sich hier und da im Wind neigen. Möwenschreie, Schafblöken, die Stimmen der spielenden Töchter, und hier steht sie, stumm, Hals und Mund staubtrocken, wie mit der Asche gefüllt, die innerhalb der Grundmauern immer noch zu sehen ist. Die Worte, die sie sagen will, sie muss sie herauszwingen, oder kommen sie wie im Flug, wie der Wind hier draußen, hastig und übereilt?

Noch einmal. Ich bin es, ich und niemand sonst, die etwas sagen muss. Ich muss es erklären, muss mich selbst befragen. Ich sitze vornübergebeugt im Bett, die Hände vor dem Gesicht. Um mich herum rast der Sturm, peitscht und schlägt gegen die Wände, die bis in den gefrorenen Boden erzittern. Oder ist das Wetter still und klar, mit warm leuchtender Sonne über der Landenge? Kocht und siedet es nur hier im Schlafalkoven, bläst der Wind mit siebenundzwanzig Metern pro Sekunde nur in mir? Ich spähe durch zwei Finger ins Zimmer. Es sieht aus, als stünden sie am Vorhang, er und sie, sie starren mich an, wie sie einander angestarrt haben, als warteten sie auf eine Einsicht, auf die Frage, die ich mir noch immer nicht gestellt habe. Ich halte mir die Ohren zu, denn jetzt drängt sie hervor, die Frage, und ich kann sie genauso gut herausschreien, mich hört ohnehin niemand außer mir:

Verdammt, wie konnte ich nur? Wie konnte ich Lina verlassen?

~ 25 ~

Fünfundzwanzigster Januar, elf Uhr. Wind: Siebenundzwanzig Meter pro Sekunde. Nach der Beaufortskala: schwerer Sturm, Windstärke zehn. Bei dieser und höheren Windstärken sollte man im Haus bleiben. Bäume werden entwurzelt, Baumstämme knicken um. Gartenmöbel werden weggeweht, an Häusern können größere Schäden entstehen. Sehr hohe Wellen mit langen, überbrechenden Kämmen. Auf der Wasseroberfläche bilden sich dicke weiße Schaumflächen. Schwere, rollende See. Eingeschränkte Sicht.

Siebenundzwanzigster Januar, elf Uhr. Wind: Eins Komma fünf Meter pro Sekunde. Nach der Beaufortskala: leiser Zug, Windstärke eins. Kaum merklich. Schneeflocken treiben leicht im Wind. Die Windrichtung ist am abtreibenden Rauch zu erkennen.

Das Hochdruckgebiet ist da, und mein Fieber gesunken. Bis auf weiteres lasse ich die Erläuterungen der Beaufortskala durch das Meteorologische Institut als Beschreibung meines Seelenzustands wie auch meiner Phantasien stehen.

~ 26 ~

Der schwache, laue Wind streicht über meine Hand und bewegt die Ohrenklappen der Mütze, die ich zum Telefonieren hochgeklappt habe. Leicht bläst er über die Schneeverwehungen rings um den Mast und es scheint fast, als wolle er sich für seinen Ausbruch und die Verwüstungen vorgestern entschuldigen. Die Windräder drehen sich kaum merklich, als der Wind jetzt die Wettergötter sanft in südöstliche Richtung treibt. Ich höre es tuten, ein Mal, zwei Mal, ich hoffe, dass Jo ans Telefon geht und sich freut, obwohl wir vereinbarungsgemäß heute Abend skypen wollten und ausgemacht hatten, nur dann außer der Reihe zu telefonieren, wenn etwas Besonderes vorgefallen ist. Ich rechtfertige mich vor mir selbst; vier Striche im Display sind etwas Besonderes, besonders genug, und damit eine unwiderstehliche Verlockung, Kontakt zu ihm aufzunehmen. Die Verhältnisse sind jetzt gut, nicht in ein paar Stunden.

Ich setze mich auf den Schnee, erschöpft, aber glücklich, auch das möchte ich mit ihm teilen. Ich habe es geschafft, die Wetterstation nach dem Sturm zu reparieren, auch wenn es sehr anstrengend war und ich noch immer mit einem zitternden Widerhall des Fiebers in mir zu kämpfen habe. Die Masten, die über den Schneewehen hingen, sind wieder fest verankert, und den Windmesser, der wahrscheinlich im Meer verschwunden ist, habe ich durch einen neuen ersetzt. Stell dir vor, Jo, möchte ich ihm sagen, das habe ich ganz allein geschafft.

Noch immer nimmt er nicht ab, und während ich dem gleichmäßigen Freizeichen lausche, lasse ich den Blick über Masten und Sensoren der Wetterstation wandern. Eine hochtechnologische Stahlkonstruktion, die die Sprache der Atmosphäre ansaugt und übersetzt, genau jetzt, um drei Uhr am siebenundzwanzigsten Januar, oder präziser: eine göttliche Installation, die mit Hilfe ihrer Tentakel den Zorn und das Erbarmen der alten Götter in Tief- und Hochdruckgebiete verwandelt, die am Ende digital und in Hektopascal gemessen in eine Vorhersage der klimatischen Veränderungen eingehen werden. Und ich denke an mich im Verhältnis zu Jo als an ein wandelndes Messgerät seiner Schwingungen, das sofort auf Nähe und Distanz sowie auf Störungen in der Kommunikation reagiert, ein Sinnesapparat, der mittels elektrischer Impulse der Neuronen Jos Signale in die eine, ewig brennende Frage umwandelt: Wann kommst du?

Endlich. Ein Klicken und Rauschen und dann Jos Stimme.
Jo: Hallo, Liebes, was gibt es?
Ich: Alles und nichts, ich hatte plötzlich solche Lust, dich anzurufen, die Verhältnisse hier draußen am Vogelfelsen sind heute optimal, und ich …
Jo: Ach, du … Ich war gerade für ein Gespräch im Nachbarbüro, als ich es klingeln gehört habe. Ich habe einen Schrecken bekommen, weil ich mir schon dachte, dass du es bist. Ist alles in Ordnung?
Ich: Alles okay, abgesehen von meinem Fuß und der Entzündung, warte mal ab, bis wir skypen, meine Wange ist richtig dick geschwollen.
Jo: Heißt das, dir geht es schlechter? Brauchst du Hilfe?
Ich: Nein, nein, ich wollte nur sagen, dass ich so froh bin, also, ich habe es geschafft, die Masten der Wetterstation wieder aufzurichten und nach dem Sturm hier draußen neu zu vertäuen, und das mit einem Fuß, der immer noch höllisch wehtut.
Jo: Dann ist also alles okay? Ich meine, du rufst doch wahrscheinlich an, weil …
Ich: Ja, ja, alles okay. Es war nur so ein Einfall.

Er zögert einen Moment, ich kann ihn vor mir sehen: den Blick starr zu Boden gerichtet, seine Vorderzähne beißen auf die volle Unterlippe, wie er versucht zu akzeptieren, dass ich gegen unsere Abmachung verstoßen habe, während er sich gleichzeitig versichern will, dass ich mich nicht in einer Situation befinde, in der er alles stehen- und liegenlassen und sofort zu mir kommen muss. Dann erholt er sich langsam, freut sich, meine Stimme zu hören, das merke ich an dem herzlichen Tonfall, als wir weiterreden: Ich erzähle ein bisschen von dem Sturm, er über die Situation zu Hause. Doch die Herzlichkeit schwindet schon wenige Minuten später, als wir wieder darauf zu sprechen kommen, wann ich hier draußen mit ihm rechnen kann.

Jo: Ich hoffe, dass ich in drei, vier Wochen kommen kann.
Ich: Drei, vier Wochen? Vor ein paar Tagen hattest du doch Anfang Februar gesagt?
Jo: Ich würde ja sofort fahren, aber ich muss Rücksicht auf Gry nehmen. Ich kriege Probleme, wenn ich einfach für ein paar Wochen abhaue, ohne es vorher mit ihr abzusprechen.
Ich: Abhauen? Ich dachte, ihr hättet das schon so gut wie vereinbart gehabt, bevor ich gefahren bin?
Jo: Gry hat gerade eine sehr anstrengende Phase auf der Arbeit. Und so, wie die Dinge liegen, will ich Maria nicht mit ihr allein lassen. Glaub mir, es ist wegen Maria. Nicht wegen Gry.

Wir versuchen, zu einem freundlichen und versöhnlichen Schluss zu kommen, ich flüstere, dass ich ihn liebe, und er flüstert zurück, dass er mich vermisst, alles ist gut, die letzten Worte sind gesagt, ich sage Kuss und mach's gut, da wirft er noch schnell ein:
Jo: Du, ab jetzt telefonieren wir nur noch zu den vereinbarten Zeiten, okay?

~ 27 ~

(Doch natürlich ist auch Gry ein Problem, genau wie S., wenn auch auf gegenteilige Weise. Wo S. mich mit seinem bedrohlichen Auftreten und vordergründig aufopfernden Verhalten geradezu in die Flucht geschlagen hat, scheint Gry ganz mit ihren eigenen Dingen beschäftigt zu sein, sodass es für Jo immer schwieriger wird, Zeit für einen Aufenthalt hier zu finden.
Gry ist selbstständig, sie hat eine Firma im Bereich Gesundheitswesen, und mit fünf Angestellten ist sie damit so erfolgreich, dass selbst Jo die unverhältnismäßig vielen Stunden verteidigt, die sie im Büro verbringt. Die tägliche Verantwortung für Maria liegt zum größten Teil bei ihm, was er auch für besser hält, da man sich auf Gry, wenn sie unter Stress steht, nicht verlassen kann. Wechselkleidung und Gummistiefel an einem Regentag sind schnell einmal vergessen, Fieber wird verharmlost, und damit er sich keine Sorgen machen und nicht vom Kindergarten angerufen werden muss, ist es ihm lieber, Maria wohnt auch außerhalb der vereinbarten Hälfte der Zeit bei ihm.
Ich habe Gry ein paarmal getroffen, und ich kann nicht behaupten, dass sie einen besonderen Eindruck auf mich gemacht hätte, obwohl Jo sie mir als Visionärin und ungewöhnlich energisch in ihren Projekten beschrieben hat. Mir kam sie eher oberflächlich und ein wenig abgehoben vor, was vielleicht das Visionäre erklären würde. Insgesamt habe ich sie als sehr anders als mich selbst erlebt, und da wir uns auch überhaupt nicht ähnlich sehen, betrachte ich sie bis heute nicht als Rivalin, die Jos und mein Verhältnis bedrohen könnte, außer in diesem einen Punkt, der mit der Zeit immer offensicht-

licher geworden ist: dass es ihr durch ihre schiere Abwesenheit und dadurch, dass sie scheinbar ganz auf ihr eigenes Leben fokussiert ist, gelingt, unsere Beziehung auszuhebeln und in einen schmerzhaften Wartezustand zu verwandeln.
Mehr gibt es über Gry nicht zu sagen. Das ist alles. Trotzdem will ich es noch einmal betonen: An sich habe ich von ihr nichts zu befürchten. Aber so wie Wind und Temperatur die Bruterfolge der Seevögel beeinflussen, ist sie ein wesentlicher Grund dafür, dass Jo nicht hier am Vogelfelsen ist.)

~ 28 ~

Die Tage und Nächte vergehen, zwölf insgesamt. Auch wenn ich mit Jo noch nicht rechnen kann, erwarte ich doch Besuch: vom Kapitän, dem Mann, der für den Versorgungstransport alle fünf Wochen zuständig ist. Da die erste Ladung teilweise für zwei Personen berechnet war, habe ich zwar noch viel Proviant in den Regalen. Dennoch freue ich mich darauf und bin gespannt, was es gibt, obwohl die Kisten genau nach meinen Angaben gepackt worden sind.

Vor dem Spiegel untersuche ich meine Wange. Die Entzündung ist noch immer nicht verheilt, eine gelbe Wulst aus geronnenem Eiter liegt wie ein Verschluss auf der Wunde. Und drum herum: dünne, geschwollene Haut. Ich weiß nicht, wie ich damit umgehen soll. Wenn die Wulst ordentlich austrocknen soll, um weitere Irritationen zu vermeiden, darf ich die Wange nicht abdecken. Ich muss dem Kapitän so gegenübertreten, wie ich bin, mit der bloßgelegten Entzündung. Draußen in der strengen Kälte und im Schnee dagegen muss die Wunde weiterhin mit einer Kompresse geschützt werden. Da es heute jedoch trocken ist, kann ich es halten, wie es mir gerade passt.

Wann der Kapitän genau kommt, weiß ich nicht. Das Schiff kann jederzeit auf dem Fjord auftauchen. Dass ich ständig Ausschau halten muss, unterbricht mich in meiner Tätigkeit, dabei habe ich ohnehin nur wenige Stunden, bevor es schon wieder dunkel wird. Ich werde rastlos, gereizt und spüre zugleich eine verhaltene Freude darauf, endlich wieder einem anderen Menschen von Angesicht zu Angesicht gegenüberzutreten, mit ihm zu plaudern, eine andere Stimme zu hören als meine eigene. Am meisten aber freue ich mich wohl darauf: seine Anwesenheit, sein Hiersein zu spüren, ganz konkret, als Gegensatz zu dem Diffusen, Traumartigen, das diesen Ort in den letzten Wochen geprägt hat. Ich werde ihn zum Kaffee hereinbitten, natürlich, ihm etwas zu essen anbieten, aber trotz des angenehmen Gedankens, Besuch zu bekommen, gefällt es mir nicht, einem Fremden gegenüber möglicherweise schwach und bemitleidenswert zu erscheinen.

Gegen Nachmittag, als ich auf dem Vogelfelsen die Messdaten auf den Computer übertrage, sehe ich das Fischerboot auf dem Fjord auftauchen, mit einem Schlauchboot im Schlepptau. Von meinem Standpunkt aus und im Licht des Vollmonds scheint das Kielwasser sich wie eine Lochstickerei auf dem Meer auszubreiten, brausend, tosend, weiß auf dem silbrig schimmernden Wasser. Bei dem Anblick muss ich unwillkürlich lächeln, dann höre ich schnell wieder damit auf, wegen meiner verletzten Wange, aber auch wegen des Ernstes der Lage, der mir am Morgen bewusst geworden ist. Das Bild, das sich mir bietet, ist bezaubernd, ja, aber zugleich erscheint mir – vielleicht aufgrund der Anspannung wegen des bevorstehenden Besuches – alles dort draußen in den Wassermassen als Bedrohung. Dieser Eindruck ist durchaus nicht aus der Luft gegriffen, sondern ein präzises Ergebnis der Messungen von der Boje draußen im Meer. Meine Datenreihe zeigt schlicht und ergreifend eine konstant zu hohe Temperatur für diese Jahreszeit an. Der Gedanke an die Konsequenzen – Fehlen der Nahrungsgrundlage, Niedergang der Brutbestände – raubt mir den Atem. Als ich dann jedoch wieder an meine Arbeit denke und wie sie dazu beitragen wird, die Auswirkungen des Klimawandels auf die Seevögel einleuchtend zu erklären, bessert sich meine Laune. Außerdem wird es jetzt höchste Zeit, zur Hütte zurückzukehren, denn der Kapitän steuert bereits unmittelbar auf die Landenge und die Ebene zu.

Im Hinunterfahren sehe ich die Schneeleitstäbe aufleuchten und vorbeiflimmern wie die Tage, die ich bereits hier draußen verbracht habe, eine gewundene Spur, die zu präzisen Zahlen und einer klaren Statistik führt. Und gleichzeitig: die weite offene Landschaft, die Leerstelle, die Abwesenheit von Jo. Was, wenn die Bedingungen sowohl den Vögeln als auch ihm zu hart werden? Was, wenn keiner kommt?

Als ich das Schneemobil neben der Hütte abstelle, ist der Kapitän schon dabei, mit Hilfe eines Lastkrans die Kisten ins Boot zu verladen. Ich winke und rufe, er grüßt zurück, indem er zwei Finger an die Stirn legt. Der Vollmond in Kombination mit einem Hochdruckgebiet hat eine Springtide verursacht; von Algen und Tang und kleinen Steinen bedeckt, erstreckt sich der Boden nackt und offen ein gutes Stück in den Fjord hinein. Der Kapitän fährt das Schlauchboot so nah heran, wie es geht, schaltet aber den Motor aus, als er in seichtes Wasser kommt, und lenkt das Boot mit Hilfe von Rudern weiter zur Strandkante. Der Aluminiumbug scharrt über die Steine, ein Kratzen so grell und laut, dass ich schaudere, den metallenen Geräuschen der Zivilisation entwöhnt, wie ich bin.
Wir begrüßen uns kurz, wissen beide, dass es eilt: Das Boot muss vertäut werden, bevor es mit dem Tidestrom wieder hinaustreibt. Ich nehme das Tau entgegen, befestige es an einem rostigen Eisenring, und gleich darauf wate ich zum Boot hinaus. Die Kälte dringt sofort durch die Stiefel, wir müssen uns beeilen, bevor Zehen und Füße völlig durchgefroren sind. Ich nehme die Kisten entgegen, Wasser- und Benzinkanister, laufe hin und her, in das seichte Wasser und wieder an Land, so mühelos und schnell ich kann, dennoch bemerke ich seinen Blick: Skepsis gemischt mit einem Hauch von Besorgnis. Ich hinke noch immer, obwohl ich mich um einen gleichmäßigen, leichten Gang bemühe, und die Verletzung an meiner Wange – ja, er wird sich fragen, was da passiert ist.

In seinem Parka springt er aus dem Boot, leicht und geschmeidig. Nimmt die letzte Kiste, die noch auf der Ruderbank steht, und trägt sie auf der Schulter an Land, wo ich inzwischen dabei bin, die Vorräte in den Schuppen zu tragen. Wir arbeiten gut zusammen, er trägt, ich trage, und nach einer Weile sind alle Kisten an ihrem Platz.

»Kaffee?«
Er nickt, wischt sich mit dem Handrücken über die Stirn. Ich selbst spüre, wie mir die Feuchtigkeit den Rücken hinunterläuft und sich unter meinem T-Shirt Kälte ausbreitet, ich schwitze, zugleich friere ich an Händen, Beinen und Füßen bis ins Mark, und als ich mit tauben Fingern auf die Tür deute, ihn ins Warme bitte, bricht meine Stimme im Zähneklappern wie Glas.
Endlich drinnen, heize ich den Ofen ein, koche Kaffee und stelle eine Auswahl der frischen Vorräte auf den Tisch: Brot, Butter und Aufschnitt. Der Kapitän verfolgt mein Tun mit interessiertem Blick, und während ich so zwischen Küchenbereich und Stube hin- und herlaufe, bemühe ich mich erneut um leichte und natürliche Bewegungen. Unglücklicherweise stoße ich auf dem Weg zur Anrichte gegen den Schaukelstuhl, und das nutzt er gleich als Anlass, er nickt zu meinem Fuß hin und fragt, ob ich Hilfe brauche. Ich wehre mit einem kurzen Lachen ab, sage, dass ich bisher mit allen Strapazen allein zurechtgekommen bin. »Das sieht man«, antwortet er knapp, dann fragt er weiter: »Wie ist das passiert?« – »Ach, nicht der Rede wert«, sage ich, ihm den Rücken zugewandt. »Mit ein oder zwei Unfällen muss man schon rechnen.«
Dann sitzen wir nebeneinander am Holztisch, an der freien Fläche zwischen Büchern und Computer und mit Blick auf das Ende des Fjords und das offene Meer. Nachdem wir gegessen und getrunken haben, erzähle ich ein bisschen von meiner Arbeit, werde jedoch mitten in meinen Ausführungen

über die Konsequenzen der steigenden Kohlendioxidmenge im Meer von ihm unterbrochen; er erzählt, dass Bekannte von ihm vor einigen Jahren während der Schneehuhnjagd hier ihr Basislager hatten. »Ach so«, sage ich verlegen, frage dann aber interessiert, ob die Gegend sich noch immer für die Jagd eigne.
»Ja, schon«, sagt er, »die Ausbeute war gut, aber die Herausforderungen hier waren groß. Sie kommen hier gut zurecht?«
Der Kapitän mustert mich eindringlich. Schräg von der Seite, abwartend. Ich weiß nicht, was ich sagen soll. Beziehungsweise – ich habe den Ort hier noch nie auf diese Weise betrachtet. Ich forsche hier, ich bin geflüchtet und ich warte auf meinen Geliebten. Es ist meine Zuflucht, ich bewerte diesen Ort und die Hütte ausschließlich nach diesem Nutzen für mich. Der Kapitän gilt als ortskundiger Mann in der Gegend, er transportiert Güter und Waren in die letzten Winkel des Fjords. Bisher haben wir zum größten Teil digital kommuniziert, abgesehen von meiner Anreise, während derer er jedoch hauptsächlich geschwiegen hat. Also, was versucht er mir gerade zu sagen?
Sein Blick weicht nicht aus, wandert aber immer wieder zu meiner verletzten Wange. Dabei öffnet und schließt sich sein Mund wie bei einem Fisch an Land, der nach Luft schnappt, und als er sich endlich ein Herz fasst, spricht er die Worte, zu denen er sich durchgerungen hat, langsam und mit Nachdruck.

Kapitän: Dies ist kein Ort für eine Frau, so ganz allein.
Ich: Darf ich Sie daran erinnern, dass ich als Wissenschaftlerin hier bin?
Kapitän: Schon gut, aber die Bedingungen hier draußen können extrem schwierig werden, auch für eine Wissenschaftlerin. Das haben Sie ja wahrscheinlich selbst gemerkt.

Ich: Es ist ganz schön dreist von Ihnen, mir zu unterstellen, dass ich es hier nicht schaffe.
Kapitän: Ich versuche doch nur zu sagen, dass eine Frau hier nicht allein sein sollte.
Ich: Ich komme schon zurecht. Machen Sie sich da mal keine Gedanken.
Kapitän: Lassen Sie es mich deutlicher sagen. Wir sind hier weit weg von der Zivilisation, falls mal was passiert. Das haben die Leute schon früher feststellen müssen.
Ich: Ja, es ist abgelegen, und das Klima ist rau. Das brauchen Sie mir nicht zu erzählen.
Kapitän: Stimmt schon, aber ich denke dabei gar nicht mal nur an das Wetter.

Mich schaudert, ich gehe nach nebenan, hole mir einen Schal und lege ihn mir um die Schultern. Als ich zurückkomme, sieht er mich herausfordernd an, aber ich habe schon beschlossen, mich nicht von der Geschichte locken zu lassen, die er mir so dringend erzählen will, auch wenn es dabei möglicherweise um den fatalen Brand hier geht – oder vielleicht auch um die Tragödie, die sich ein Jahr später hier abgespielt hat. Diese Macht will ich ihm nicht einräumen, nachdem er mir so deutlich gezeigt hat, dass er mich und meine Arbeit nicht ernst nimmt. Ich schiebe meinen Stuhl ein Stück zur Seite und setze mich, doch er rückt sofort nach.
»Hören Sie zu«, sagt er leise. »Ich finde, Sie sollten mir ein bisschen über die Zustände hier draußen erzählen und wie es Ihnen wirklich geht.« Und dann legt er mir die Hand auf den Oberarm.
Was meint er damit? Mein einsames Leben in der Hütte oder meine Verletzungen? Oder will er auf die Tatsache hinaus, dass ich als Frau hier allein in der Einöde bin, weit weg von jeglichem Umgang mit dem männlichen Geschlecht? Seine Hand, groß und breit und mit dunklen Rändern unter den

Nägeln, fühlt sich warm an auf meinem Wollpullover. Weder löst er seinen Griff, noch entziehe ich mich, wie hypnotisiert von der plötzlichen Wärme eines anderen Menschen. Ich sehe auf seine Finger und denke an den Körper, der die Kisten getragen hat. Ein Arbeiter, zehn, fünfzehn Jahre älter als ich, helle Haut, dichtes, graues Haar auf Brust und Rücken, einen Rettungsring um den Bauch, kräftige Beinmuskeln und sehnige Arme. Ich stelle ihn mir nackt vor, sein verschrumpelter Penis, ein runzliger, jämmerlicher Schniepel über schweren Hodensäcken, dann ein kräftiges Anschwellen, stramm und fleischig, eine leuchtend rote Penisspitze, hier, mitten in der Hütte. Ich sehe ihn sein Glied umfassen, mir mit einem rauen Daumen über die Lippen streichen, mich bitten, den Mund zu öffnen, seine Hoden zu lecken, ihm einen zu blasen, hier auf dem Stuhl, im Licht, das so schön durch das Fenster fällt.

Ich schiebe die Bilder und seine Hand weg, entschieden, ohne jede Andeutung eines Zweifels. »Vergiss es«, sage ich und stehe auf, beginne, den Tisch abzuräumen. Plötzlich wirkt er erschöpft, er trinkt einen Schluck Kaffee, wischt sich den Mund ab.

»Ich glaube, Sie haben mich missverstanden«, sagt er und stellt seine Tasse ab.

Wieder werde ich unsicher. Vielleicht habe ich in den Wochen hier die Fähigkeit verloren, zwischenmenschliche Codes zu entschlüsseln. Hat er gerade versucht, sich mir sexuell zu nähern, oder nicht? Ich gehe zur Arbeitsplatte in der Küche, scheppere absichtlich laut mit dem Kessel auf dem Gasherd, denke, dass ich ihn in dem Fall fragen müsste, ob ich seinen Schwanz erst noch wiegen und messen dürfe, als Wissenschaftlerin müsse ich mich vergewissern, dass er ordentlich was zwischen den Beinen habe. Oder muss ich mich eher bei ihm entschuldigen, war ich ungerecht? Wie auch immer, ich sollte ein bisschen vorsichtiger sein, schließlich will ich meine Forschungsarbeit nicht wegen Proviantmangel aufgeben müssen. Also beschäftige ich mich erst einmal mit meinen eigenen Angelegenheiten, signalisiere ihm dadurch aber auch, dass es Zeit wird für ihn zu gehen. In Erwartung seines Aufbruchs lege ich Teller und Besteck ins Abwaschbecken, drücke ein paar Tropfen Spülmittel darauf, doch als ich gerade das heiße Wasser hineinschütten will, überrollt er mich mit einem regelrechten Wortschwall. Es schießt aus ihm heraus, als ob er, genau wie das Wasser, zum Kochen gebracht worden wäre.

Kapitän: Hör zu, ich habe eigentlich keine Lust, dir das zu sagen, aber dein Ex hat Kontakt zu mir aufgenommen. Er hat mich gebeten, ihm über die Verhältnisse hier draußen Auskunft zu geben, er wollte sich wohl vergewissern, dass alles in Ordnung ist, zumal du hier alleine bist.
Kapitän: Das mag ja zunächst ganz sympathisch erscheinen von einem Ex, aber er ließ gar nicht mehr locker, sodass ich mir jetzt nicht sicher bin, ob ich ihm die Wahrheit sagen soll. Der Proviant ist eindeutig für zwei Personen berechnet, und wo dein Kompagnon ist, damit habe ich natürlich nichts zu schaffen. Aber für mich ist es ganz klar, dass du hier nicht so alleine bist, wie er denkt.
Kapitän: Was ich jetzt also überlege – soll ich es deinem Ex sagen? Beruhigt es ihn oder darf er nichts davon wissen?

Ich drehe mich zu ihm um, die Hände hinter dem Rücken, ich halte mich an der Anrichte fest, mir ist schwindlig, ich bin kurz davor, vor seinen Augen zusammenzubrechen. Natürlich weiß S. von meiner Forschungsarbeit, und er weiß, wo ich bin. Aber so weit von der Zivilisation entfernt und außerhalb seiner Kontrolle hatte ich mich sicher geglaubt. Sicher – solange er davon ausgeht, dass ich allein bin.

Ich: Du kannst ihm sagen, was du willst. Ich esse hier draußen für zwei. Es ist ziemlich viel, was man hier im Laufe eines Arbeitstags an Energie verbraucht.
Kapitän: Ja, das kann ich mir vorstellen, aber Rasierschaum und Einwegrasierer braucht eine junge Frau ja wohl eher nicht, oder?
Ich: Jetzt reicht es mir aber, meine Körperbehaarung geht dich überhaupt nichts an.

Wir stehen uns gegenüber, jeder an einem Ende der Hütte, die Augen des Kapitäns blitzen wie Messer. Ich habe ihn beleidigt, das habe ich, und jetzt will er auf ganz patriarchalische Weise seine Ehre wiederherstellen. Oder versucht dieser Mann, ganz im Gegenteil, mir eine so alarmierende Information zu vermitteln, dass ich sie instinktiv als Dolchstoß betrachte?
Der Kapitän nimmt seinen Parka, steckt nacheinander beide Arme hinein und zieht ihn über den Rücken, um seinen Körper dann darin zurechtzurücken. Er geht zur Tür, hält kurz inne, wahrscheinlich in der Hoffnung, dass ich doch noch etwas preisgeben werde. Aber da ich dem bereits Gesagten nichts hinzuzufügen habe, beendet er das Gespräch einfach selbst, indem er die Klinke herunterdrückt.
Kapitän: Ich kann wirklich nicht sagen, ob du oder dein Ex mir mehr Sorgen macht.
Kapitän: Wie auch immer. Dieser Ort hat einen schlechten Ruf. Ich komme nächstes Mal ein bisschen früher. Das ist, glaube ich, das Beste für dich.

~ 29 ~

Druck, Stärke, Menge und Anzahl, gemessen in Hektopascal, Metern pro Sekunde, Prozent und Grad Celsius, stehen für eine glasklare Sprache, in der zu denken ich so gewohnt bin, dass ich selbst etwas so Unbegreifliches, Schwebendes wie die Liebe auf den ersten Blick als Ergebnis einer messbaren atmosphärischen Störung betrachten kann. Wie etwa, dass ein Sonnenwind auf die Erde geschleudert wurde, als Jo sich zu mir umdrehte. Ein Partikelstrom, den das Auge nicht erkennen kann, von dem ich aber dennoch einen Funken wahrnahm, irgendwo, und den ich seither immer wieder auf die gängige Weise beschrieben habe: Sein Blick, der war es, der mich traf.

Alles lässt sich rational erklären. Das habe ich gedacht, zumindest bis jetzt.
Die Spuren rings um die Hütte, Abdrücke im Schnee von Füchsen, Mäusen und Hasen, sind eindeutig und erwartbar an einem Platz wie diesem. Aber ich spüre noch etwas anderes. Hier. Auf der Ebene. Ja, vielleicht auch in der Hütte. Möglich, dass der Besuch des Kapitäns meine Sinne geschärft und mich zum Nachdenken, vielleicht auch dazu gebracht hat, diesen Ort und das, was ich erlebe, aus einem verkehrten Winkel zu sehen. Weil ich aber nicht weiß, was ich auf die eine oder andere Art und Weise spüre, habe ich auch keine konkreten Daten, die bestätigen könnten, was ich wahrnehme. Außer einem Angstgefühl. Konstante, physiologische Schwingungen auf einer Frequenz, die sich vom Bauch in die Brust hinauf ausbreiten. Ein Angstgefühl, das in einer Grafik eine rasche und markante Steigerung sowohl an Umfang als auch an Intensität aufweisen würde.

Wahrscheinlich erklärt dieser Zustand ständiger Alarmbereitschaft meine überspannte Reaktion, als ich mit einem Armvoll Holz in die Hütte trete. Das Zimmer wird vom schwachen Licht der Wandleuchten erhellt, ein zitternder, oranger Widerschein in der nachtschwarzen Fensterscheibe. Ich schließe die Tür, trete auf der Fußmatte den Schnee von meinen Schuhen, gehe in die Stube, stelle mich an den Ofen, und wie so häufig in ansonsten dunklen Zimmern, wird mein Blick unwillkürlich vom Flimmern des einzigen Lichtes angezogen. Ich erstarre, ziehe die Arme instinktiv fester an mich, bis ich spüre, wie die Holzscheite mir mit ihrer harten Rinde in die Handgelenke schneiden. Denn da draußen vor dem Fenster steht sie, Borghild, schlank und unverkennbar. Ihr Gesicht ist blassgrau, die Augen liegen tief in den Höhlen und sie starrt mich an, während ihre Hände, abgemagert wie Klauen, ein Bündel umfassen, einen kleinen Jungen, den sie fest an sich drückt. Meine Arme, das Gewicht des Brennholzes, ich presse die Scheite an die Brust, gegen den Schrei, der in meiner Kehle aufsteigt, sich meinen Lippen entringt, erst trocken und lautlos, um dann herauszuschießen, das permanente Angstgefühl im Zwerchfell. Ich schreie und höre die Holzscheite zu Boden fallen und den Ofen treffen, im selben Moment lässt die Frau draußen das Kind fallen, ich schreie noch einmal laut auf, als ich das Bündel verschwinden sehe, weg vom Fenster, ich schreie das Gesicht draußen an, das von Angst und Verzweiflung gezeichnet ist.

Ich bekomme kaum Luft, jeder Muskel schmerzt, Arme und Beine sind taub, völlig gefühllos, als ich schließlich zur Anrichte taumele. Ich fülle mir ein Glas Wasser, führe es zum Mund, spüre, wie die kalte klare Flüssigkeit sich in meinem Mund ausbreitet, in meine Gedanken sickert, das Gefühl von Traum wegspült sowie das Gefühl, dass ich mich in einem Abgrund von Phantasien befinde. Ich begreife es natürlich, unmittelbar, dass es mein eigenes Spiegelbild war, das ich gesehen habe. Dennoch bin ich zutiefst erschüttert, vor allem über meine mangelhafte sinnliche Wahrnehmung, meinen eigenen Geist; dass ich ein Bild erschaffen konnte, so deutlich, visuell, nicht nur als Gedanken, sondern dass ich gesehen habe, wie es entstand, außerhalb von mir selbst und vollkommen echt und lebendig.

~ 30 ~

Ich ähnele vermutlich der Natur hier draußen: von den kalten, windigen Wintern und den plötzlichen, kurzen Sommern bis auf den Fels, bis auf den Grund abgeschliffen. Wie die weißen Schneeverwehungen mit ihren scharfen Rändern aus Eis und Frost besitze ich einen Boden, der von Rissen und Wunden bedeckt ist, doch wenn die Sonne wärmer scheint und das Eis schmilzt, können wie aus Trotz winzige Pflanzen hervorbrechen, überraschend kräftig und mit Blüten in Lila, Gelb und Rot. Dieses, genau dieses Bild habe ich von mir selbst. Mag ich auch zittern und beben, mag man mich unter Druck setzen und in die Zange nehmen: Wie die kräftigen Pflanzenstängel strecke ich mich immer wieder aufs Neue nach Klarheit und Licht. Als ich eines Morgens gegen fünf wieder einmal mit diesem Dunklen, Ungreifbaren konfrontiert wurde, zwang ich mich deshalb, die Sache genauer zu untersuchen, wenn auch aus einer unwissenschaftlichen, schiefen und krummen Perspektive.

Ich wurde von Kinderweinen geweckt. Ich mag nicht daran denken, mag nicht darüber reden, will es nicht wahrhaben. Eine Halluzination ist schließlich nicht besser als irgendein vages Gefühl, und ich will auf keinen Fall in die Statistik einsamer Forscher eingehen, die sich in ihrer eigenen Psyche verirrt haben. Dennoch – das Geräusch ließ sich nicht leugnen, es war ebenso real wie meine Finger und Zehen. Statt mich aber dem Sinneseindruck zu verweigern, ihn als Einbildung abzutun, versuchte ich, mich dem Geschehen zu stellen, *unvoreingenommen.*

Ein leises Schluchzen wie nach langem Weinen – das war es, was ich hörte. Schwach und trostlos und immer wieder von

Schniefen unterbrochen. Lange lag ich einfach nur da und lauschte, und obwohl ich nicht direkt Angst hatte, reagierte mein sympathisches Nervensystem unmittelbar, indem es eine Reihe von Adrenalinprozessen in Gang setzte; mein Herz klopfte schnell und laut, die Muskeln spannten sich an, ich atmete schwer, aber nach einer Weile schaffte ich es, mich im Bett aufzusetzen und genauer hinzuhören. Zuerst lauschte ich auf den Wind, das ganze Spektrum des Scharrens und Reibens, das ein Stück loser Dachpappe verursachte, danach das Pfeifen des Windes durch Ritzen und Spalten, ich lauschte dem Luftzug vom Schlafalkoven in die Küche und in die Stube, auf das Knarren im Gebälk, das Knistern des Ofens; ich untersuchte das leiseste Murmeln und jedes noch so flüchtige Rascheln in und um die Hütte, ordnete die Geräusche zu, um mich zu vergewissern, dass ich mich nicht von einer verwechselnden Ähnlichkeit täuschen ließ. Und ja, das Aggregat war für die Nacht abgeschaltet.

Anschließend stand ich auf, um die Quelle oder die Ursache für das Geräusch zu finden. Die nackten Füße auf dem eiskalten Boden im Alkoven, lauschte ich an den Wänden, zur Decke hinauf und legte mich dann hin, das Ohr an die Dielen gepresst. Ich ging ins Wohnzimmer, wiederholte dort die Prozedur, streckte meinen Körper und mein Ohr in alle Richtungen, doch das Weinen wurde weder lauter noch eindeutiger, es kam irgendwie von überall her, als wäre mein Ohr, als wäre ich sein Zentrum und sein Ziel.

Während ich so dastand und lauschte, fiel mir auf, dass es in einer gewissen Tonlage Linas glich, auch wenn ich noch nie miterlebt hatte, dass sie sich so leergeweint hätte, ihrem Leid ganz allein überlassen. Doch nachdem der Gedanke erst einmal da war, hörte ich nur noch sie, es war Lina, mein kleines Mädchen, das da weinte. Die Neugierde, mit der ich dem Geräusch nachgegangen war, war wie weggeblasen, und im Zimmer, wo ich stand, konnte ich nur noch eines sehen: Lina, ihr Gesicht, ihren klaren Blick, der alles mit vertrauensvollem Staunen in sich aufnimmt, Lina, die nicht begreift, was passiert, und Nähe und Zuneigung sucht. Dieser Gedanke, dieses Bild war mir unerträglich. Ich hielt mir die Ohren zu, schloss die Augen, doch als ich merkte, wie mir die Tränen kamen, kniff ich mich so fest, dass mir die Fingernägel in die Haut drangen und der physische Schmerz alles war, was ich noch empfand. Mit geöffnetem Mund schnappte ich nach Luft, ein kurzes scharfes Einatmen, das anschwoll und den ganzen Raum erfüllte, und da kam es mir plötzlich so vor, als würde das Weinen mich und meine Anwesenheit bemerken. Es entstand eine kleine Pause, ein zitternder Moment intensiver sinnlicher Wahrnehmung, dann besann sich das Weinen und begann von neuem, aber leiser, um dann zu einem Wimmern abzuebben, bis alles, was ich hörte, das Sausen des Windes war.

Eine Weile lauschte ich noch auf die vertrauten Geräusche, das Rationale und absolut Messbare jedes einzelnen von ihnen. Ich strich mir mit den Händen übers Gesicht, über den Hals und die Brust, um den letzten Rest meines Unbehagens loszuwerden. Ich strich und strich, bis ich mir vollkommen sicher war: Es war mein eigenes Gewissen, das ich gehört hatte, mein eigener Kummer, dem ich Raum gegeben hatte, dem ich erlaubt hatte, sich zu entfalten, einzig und allein vor mir selbst.

~ 31 ~

Es lässt sich nicht länger aufschieben. Ich muss mich mit mir auseinandersetzen, Fragen beantworten, die ich mir bisher noch nicht gestellt habe. Vor allem die: Wie kann ich mir sicher sein, dass S. sich so um Lina kümmert, wie sie es braucht?

Noch immer begreife ich den einen besonderen Zug an S.' ansonsten so sperriger Persönlichkeit nicht: wenn er einem plötzlich und unvermittelt die größte Aufmerksamkeit schenkt, die man sich nur vorstellen kann. Normalerweise wirkt er ziemlich unnahbar und beherrscht, doch dann überrollt er einen plötzlich beinahe gewaltsam mit Zuwendung – was durchaus anziehend sein kann, weil sich darin eine grenzenlose Hingabe auszudrücken scheint. Möglicherweise war es diese überströmende Aufmerksamkeit, in die ich mich damals verliebte, denn ich fühlte mich dadurch stark und bedeutsam. Doch als sie sich nach und nach in Kontrollzwang verwandelte, er von mir eine geradezu symbiotische Nähe verlangte, fühlte ich mich einfach nur noch leer.
Es fällt mir nicht schwer, mich an das Gefühl zu erinnern, festzusitzen und nicht mehr herauszukommen, die Fliege im Spinnennetz zu sein, Lebendfutter für einen, der unter dem Deckmantel der Bedürftigkeit verlangt, dich in höherem Maße zu besitzen als du selbst. Gerade wegen dieser Haltung und wie er mich oft einfach zu sich zitierte und unmittelbare Nähe erzwang (um mich anschließend vielleicht noch zu beschuldigen, nicht präsent, nicht nah genug zu sein), wegen dieses konzentrierten Interesses, dieser intensiven Aufmerksamkeit glaube ich, dass er Lina auf seine Art guttut.

Darüber hinaus hoffe ich, dass Linas kindliche Zuneigung, ihre bloße Anwesenheit ihn besänftigt und ausgleicht, dass er mich dadurch irgendwann freigeben kann. Oder, anders gesagt: Indem ich Lina S. überlasse, stabilisiere ich ihn und rette mich selbst.

Bis dahin ist alles gut. Etwas ganz anderes ist es, wenn ich darüber nachdenke, woher seine Fürsorglichkeit kommt. Denn Fürsorge ist nicht gleich Fürsorge, wie bei den Seevögeln, wo Männchen und Weibchen sich instinktiv und natürlich die Aufgaben teilen. Nein, bei den Menschen ist Fürsorge oft ein Mittel, eine Methode, und für dich, S., bedeutet Fürsorge, Macht auszuüben; Lina ist dabei die Trophäe: Mit jeder Windel, die du in der Öffentlichkeit wechselst, vor der Familie oder vor Freunden, mit jedem Löffel, den du ihr in den Mund schiebst, jedem tröstenden Wort beweist du deine einzigartige Einsatzbereitschaft und was für eine elende, verantwortungslose Mutter ich bin. Aber das sage ich dir, S., verglichen mit einem anderen Vater, mit meinem Geliebten, deinem Rivalen, erscheint deine Fürsorge ebenso unzureichend, wie dir meine erscheint. Und ein Vergleich zwischen euch beiden ergibt:
Jo schenkt Fürsorge. Du führst sie nur aus.
Jo handelt intuitiv. Du tust nur, was du gelernt und begriffen hast.
Jo stellt seine Bedürfnisse zurück, egal wann es von ihm verlangt wird. Du tust, was man von dir erwartet, nicht mehr und nicht weniger.
Jos Fürsorge basiert auf einer natürlichen Wahrnehmung, einem Einfühlungsvermögen, das sich nicht messen lässt. Deine dagegen richtet sich nach festgelegten Standards.
Und nicht zuletzt: Für Jo ist Kümmern etwas Selbstverständliches, während du nur nach Selbstbestätigung suchst.
Also, komm nicht und erkläre mir, was Fürsorge bedeutet und dass du, S., ein aufopferungsvoller, selbstloser Vater bist.

Du willst doch nur dein Selbstbild pflegen, wenn du mit Lina auf dem Arm herumstolzierst.

(Das sage ich. Ich, die es nicht einmal über sich bringt, an sie zu denken, an ihre Arme, ihre knubbeligen Finger, all das Runde, Weiche, ihr unbändiges Lachen, bei dem Brust und Schultern beben, ich, die sich nicht an die Umarmungen zu denken traut, an das Leuchten in ihren Augen, Lina am Abendbrottisch, beim Spielen, in ihrem Bett, bei mir zu Hause in meiner Wohnung. Ich, die ich mir kaum erlaube, sie zu vermissen, mich nach ihr zu sehnen, die ich meine Erinnerungen und Bilder beiseiteschiebe und mit Einbildungen und Tagträumen von einem Fremden übertöne, von Niels.)

~ 32 ~

Eines Morgens nehme ich das Jagdgewehr vom Haken. Draußen ist es kalt, aber der Himmel ist klar und die Sicht gut. Über Nacht hat der Wind sich gelegt, sacht, beinahe zärtlich streicht er über die Ebene und über das Dach. Ich schätze die Windgeschwindigkeit auf etwa zwei Meter pro Sekunde, dann überlege ich, welche Mündungsgeschwindigkeit wohl das Gewehr hat, welche Geschwindigkeit das Projektil beim Verlassen der Mündung erreicht. Achthundert Meter pro Sekunde wären nicht unwahrscheinlich. Es ist ein traditionelles Jagdgewehr, bei dem man nach jedem Schuss nachladen muss, dafür ist aber die Treffsicherheit deutlich höher als zum Beispiel bei einer halbautomatischen Waffe. Solche Dinge weiß ich noch aus meiner Zeit in der Jagdmannschaft.

Mitten am Tag, die Sonne steht wie ein funkelndes Auge kurz über dem Horizont, fahre ich auf die Landenge, wo die Landschaft zu beiden Fjorden hin flacher wird. Das Gewehr hängt an einem Riemen über meiner Schulter, die Munition habe ich unter dem Sitz verstaut, und unter der Plane des Anhängers klappern fünf leere Blechdosen und fünf Schneeleitstäbe sowie der Spaten und der Benzinkanister, den ich auf jeder Fahrt dabeihabe.

An einem dürren Zwergweidendickicht, das aus der windgepeitschten Schneelandschaft ragt, halte ich an. Im Abstand von etwa zwanzig Metern ramme ich die Leitstäbe in den Boden und setze die Blechdosen obendrauf. Ich fahre noch ein bisschen herum, nehme alles genau in Augenschein, und nachdem ich hier und da einen der Stäbe zurechtgerückt habe, stehen sie in Reih und Glied wie außerirdische Ritter mit Helm und offenem Visier. Zufrieden fahre ich ein Stück in südliche Richtung, wo ich in einer leichten Senke den Motor abstelle, die niedrig stehende Sonne im Rücken, um einen Angriff auf die aufgestellten Ziele zu starten. Von beiden Seiten rollen die Wellen mit weißen Spitzen über den Fjord heran, und während ich mit dem Blick zwei Mantelmöwen folge, bemerke ich, dass sich nördlich von mir am Himmel eine Unwetterfront zusammenbraut. Ich fahre mit der Hand über den Verband an meiner Wange, spüre den Druck, der nach wie vor von der Entzündung ausgeht, und dann stehen die Zielscheiben plötzlich wie kampfbereit da in ihrem kriegerisch blinkenden Metall.

Ich setze mich auf dem Schneemobil zurecht. Den Kopf dicht über dem Lenker, die Knie an den Tank gepresst, drücke ich den Startknopf. Die Beschleunigung ist stark, in rasendem Tempo fege ich über die blauweiße Schneedecke, direkt auf die erste Blechdose zu. Etwa dreißig Meter davon entfernt halte ich an, richte mich bei laufendem Motor in den Kniestand auf, einen Fuß auf dem Trittbrett, das andere Bein über dem Sitz, ziehe das Gewehr heraus, lege den Kolben an die Schulter und den Lauf über die Windschutzscheibe des Schneemobils, um das Ziel ins Visier zu nehmen. Mein Zeigefinger liegt am Abzug, kalt, aber zuverlässig, ich hole dreimal tief Luft und feuere dann den ersten Schuss ab, lade rasch nach und schieße erneut. Der Rückstoß ist hart, der Knall ohrenbetäubend, und als ich wieder aufs Gas gehe und weiterfahre, spüre ich ein Zittern in der Brust und ein Knallen im Ohr, als würden elektrisch geladene Teilchen zwischen Lungenbläschen und Trommelfell hin- und herschießen. Ich wiederhole den Vorgang, richte mich auf, schieße, lade nach und schieße erneut, aufmerksam, entschlossen, konzentriert, zehn Mal hintereinander. Zwischendurch jedoch, wahrscheinlich nach dem fünften Schuss und während ich gerade nachlade, wird mir plötzlich meine Umgebung bewusst. Oder die Umgebung wird sich meiner bewusst.

Ich höre das Schneemobil brüllen wie ein rasendes Tier, das gegen Eiskanten und harten Schnee prallt, ich höre die Schüsse, dröhnend, wie ohne Echo, ohne Widerhall, die die Stille des weit offenen Luftraums wie eine langgezogene Explosion zerreißen, und nicht zuletzt höre ich das Geräusch von Metall, das durchschlagen wird, das hohle Scheppern der Blechdosen, wenn sie über den Schnee fliegen; Marterung einer grundfesten Ruhe. Und zugleich, während sich der Lärm Welle um Welle fortsetzt, sinkt das Sonnenauge, flammt die Dunkelheit auf, kohlschwarze Wolken treiben heran und schließen sich rasch um den abnehmenden Mond, bis mein Schatten verschwindet und die Scheinwerfer des Schneemobils wie Schwerter in die Landschaft flammen. Ich sehe sie, ich höre sie, die Zerstörung, die ich hervorrufe, und als ich die Blechdosen nacheinander einsammle, eine vom letzten Stab, die anderen vier rings auf der Landenge verstreut, spüre ich eine wachsame Furcht in der Natur wie auch in mir selbst, über meine Lust, zu treffen – und meine Freude darüber, wie zielsicher ich bin.

~ 33 ~

Auf dem Rückweg blicke ich mich mehrmals um. Ich weiß nicht, wonach ich eigentlich schaue, ich tue es einfach, als wären Körper und Wille voneinander getrennt. Dennoch muss ich an etwas Konkretes denken, an die Überwachung, genauer gesagt, an die Kartierung von Seevögeln und dabei speziell an die neue Technologie, die es erlaubt, detailliert Aufschluss über das Verhalten und die Bewegungsmuster der Seevögel im Lauf eines ganzen Jahres zu erhalten. Ich denke an digitale Überwachungskameras, die während der Brutzeit in Versuchsfeldern platziert werden und die automatisch einen Ausschnitt der Kolonie zu einem bestimmten Tageszeitpunkt wiedergeben. Ich denke an Satellitensender, nicht schwerer als vier, fünf Gramm, wie ein Rucksack am Vogelkörper befestigt, die die Position des Vogels fortlaufend nachvollziehen. Ich denke an Licht-Logger, die auch Flugrouten und Überwinterungsquartiere kartieren, bei denen die Position des Vogels sich jedoch durch gespeicherte Daten zu Tageslänge und Lichtintensität errechnet. Nicht zu vergessen die GPS-Logger, die die Daten so speichern, dass man im Nachhinein die Flugroute des Vogels über das Meer nachvollziehen kann – oder Transponder, die unter die Haut geschoben werden und das Bewegungsmuster durch automatisches Ablesen nachvollziehbar machen. Doch das ist wahrscheinlich nicht das Eigentliche, woran ich denke, während ich mit dem Daumen auf dem Gas dahinrase; Verhaltensweisen und Aktivitäten, die beobachtet und untersucht werden, während man nichtsahnend mit seinen eigenen Dingen beschäftigt ist. Oder kann auch eine Dreizehenmöwe, so wie ich, eine irritierende Anwesenheit spüren?

Als ich mich der Ebene nähere, gebe ich noch mehr Gas. Ich habe den Teil der Landzunge, der im Windschutz des Vogelfelsens liegt, verlassen, und hier, wo die Landschaft sich zum Fjord und zum Meer hin öffnet, spüre ich einen unerwarteten Windwiderstand von Norden. Der Wetterwechsel kommt nicht überraschend und ist möglicherweise einem polaren Tiefdruckgebiet geschuldet; angesichts der deutlich höheren Wellen ist das nicht unwahrscheinlich. Ich versuche, so gut ich kann der Loipe zu folgen, doch im flackernden Scheinwerferlicht fegt der Wind über die Spur wie eine unsichtbare Hand, wischt die Linien weg, die in die Landschaft schneiden und zum Fjord hinunterziehen. Hin und wieder kann ich das schwache Licht der Außenbeleuchtung erkennen, es taucht auf und verschwindet wieder, wie das Licht eines havarierten Bootes in hohen Wellen, ebenso groß und schäumend wie die Brandung an der Landspitze vor mir. Ich fahre noch schneller, um dem Wind zuvorzukommen, aber die Sicht wird zunehmend schlechter und die Loipe weht rasch zu, sodass der Lichtschein bald das Einzige ist, woran ich mich orientieren kann. Dennoch bin ich mir ziemlich sicher, in die richtige Richtung zu fahren, deshalb ist es mir egal, ich erhöhe noch einmal das Tempo, sehne mich hungrig und erschöpft nach der Wärme des Ofens. Zwischen zwei Bodenwellen bleibt das Schneemobil plötzlich stehen, es greift nicht mehr, es ist genau der Punkt, an dem der Schnee am tiefsten und lockersten ist, eine Stelle, die ich normalerweise sofort bemerkt und umfahren hätte. Ich gebe erneut Gas, um die Maschine aus der Vertiefung herauszubringen. Der Motor heult und Schnee spritzt auf, aber das Schneemobil gräbt sich nur noch tiefer ein, bis der hintere Teil und der Anhänger in einem leichten V begraben sind. *Verdammt!* Ich höre nicht auf zu fluchen, während ich vom Sitz herunterrutsche und Schritt für Schritt durch den Schnee stapfe, mich zum Anhänger durchkämpfe und einen der Spaten unter der Plane hervorziehe.

Der Wind zerrt und reißt an den Schnüren und dem Plastik, das ich für einen kurzen Moment anheben muss, und als ich mich wieder aufrichte, um herauszufinden, wo auf der Ebene ich mich befinde, wirft mich der Wind fast um. Zum Glück erkenne ich ein paar Steinwürfe entfernt die Hütte, und nachdem ich Entfernung und Position erfasst habe, begreife ich auch, dass ich in einer Senke gelandet bin, genauer gesagt zwischen den Überresten der Grundmauern eines Hauses. Für einen Moment bleibe ich verwirrt stehen, doch als ein scharfer Schmerz durch meinen Knöchel fährt, wie ein Echo meines Sturzes damals die Böschung hinunter, empfinde ich das inständige Bedürfnis, sofort von hier zu verschwinden. Ich mache den Anhänger los, ziehe ihn ein Stück beiseite, und mit dem Rücken zum Fjord und zum Wind gehe ich auf den Schnee rund um das Schneemobil los. Spaten um Spaten schaufele ich weg, doch die Masse wird zu einem dichten Schneetreiben aufgewirbelt – und mein Optimismus schwindet. Es bleibt mir nichts übrig, als aufzugeben; der lose Schnee stiebt als dichtes Treiben über die Ebene und deckt die Grube ebenso schnell wieder zu, wie ich sie freigeschaufelt habe. Außerdem hilft es nichts, zu graben, was ich brauche, ist eine feste Unterlage, die dem Schneemobil Halt gibt. Ich werfe den Spaten weg. Für diese Arbeit habe ich weder die Kraft noch die Zeit, zumindest nicht bei diesem Wind, es ist wohl am besten, die Maschine hierzulassen und loszugehen. Ich hänge mir das Gewehr über die Schulter, und mit dem Rest Munition in der Tasche bewege ich mich auf die Hütte zu. Einmal nur drehe ich mich um. Und ja, es ist ein bemerkenswerter Anblick. Die Kufen des Schneemobils ragen über die Kante, als würde die Maschine die Arme nach mir ausstrecken, und die Scheinwerfer starren mit erloschenem, hilflosem Blick in das Schneegestöber, als hätte die Maschine jede Hoffnung aufgegeben.

Bei der Feldforschung sollte man mindestens zu zweit sein: ein Wissenschaftler und ein Assistent, und man sollte fast alles zusammen machen. So war es geplant, und so wird es ja auch werden, aber als ich gegen den Wind ankämpfe, kann ich mich von einem gewissen Zweifel nicht freimachen. Gemessen an den Windstößen, die mir immer wieder aufs Neue mit Wucht entgegenschlagen, ist dieses Unbehagen allerdings nur ein Nadelstich. Ich muss mich vorbeugen und geradeaus gehen, jeder Zentimeter zur Hütte ist hart erkämpft. Zum Glück ist meine Ausdauer stärker als jeder Widerstand, darum brauche ich mir keine Sorgen zu machen, doch es ist eben auch nicht zu leugnen, dass die Natur uns Menschen überlegen ist, wenn es um langwierige Kämpfe geht. Sie lässt mich glauben, ich hätte es geschafft, ich hätte sozusagen gewonnen, um dann plötzlich aus unerwarteter Richtung zuzuschlagen. Das ist der Natur von Anbeginn eigen, und wenn es mich auch nicht sofort vernichtet, so löscht es mich doch nach und nach so sachte aus, dass ich es kaum bemerke. Gleichwohl kommt auch der Mensch der Natur immer öfter zuvor. Hier am Vogelfelsen fällt mir der Riesenalk als abschreckendes Beispiel ein. Schmackhaftes Fleisch und leichte, weiche Federn in Kombination mit einem hilflosen Gang und der Unfähigkeit zu fliegen machten ihn zu einer leichten Beute. Diese Seevogelart wurde systematisch gejagt und schließlich ausgerottet, es heißt, der letzte Riesenalk wurde achtzehnhundertachtundvierzig etwas weiter östlich von hier geschossen. Beim Gedanken ans Schießen muss ich grinsen, wahrscheinlich aufgrund der Situation, es fühlt sich an, als stünde ich selbst in der Schusslinie: auf der einen Seite das Dröhnen der Wellen, auf der anderen das Pfeifen über der Ebene und nicht zuletzt der Widerstand, der mit jedem Schritt auf die Hütte zu wächst. Der Wind zerrt an meinem Overall, immer wieder überrascht mich die Kraft der Stöße, ich werde geschoben und gestoßen und geschubst, sodass ich mich hinhocken muss, die Hände vor dem Gesicht, und ab und zu, bei den heftigsten Böen, muss ich mich flach hinlegen, um nicht in die Luft gewirbelt zu werden. Ich kämpfe weiter, schleppe mich voran, doch mit wachsender Furcht und dem verstörenden Gefühl, von einem personifizierten Zorn verfolgt zu werden. Und je länger ich darüber nachdenke, desto deutlicher nimmt der Sturm die Form eines Bewusstseins, einer Existenz an; ich spüre, ich sehe förmlich seine verlotterte Seele umherjagen, so voller Schmerz und mit solcher Verzweiflung, dass es sich anfühlt, als wolle er sowohl mich als auch die Ebene zerfetzen und in Stücke reißen. Olaf, denke ich in einem Augenblick der Verwirrung und merke, wie mir die Luft wegbleibt; hat sein Zorn sich hier niedergeschlagen, sich für immer und ewig mit dem Wind und den Naturgewalten vereinigt?

Die eigene Verwundbarkeit analysieren, das ist es, was dieser Ort und ich brauchen, denke ich, als der Eingangsbereich der Hütte endlich in Sicht ist. Eine Berechnung der Wahrscheinlichkeit, mit der wir innerhalb eines bestimmten Zeitraums geschwächt werden oder aussterben. Die Simulation basiert auf der Annahme, dass wir auch in Zukunft dieselben Variationen der Umweltverhältnisse erleben, wie wir sie zu einer bestimmten Zeit erfahren haben, und die endgültige Auswertung der Verwundbarkeit wird anhand der Kategorien der Roten Liste durchgeführt. Die Frage ist, wo auf der Liste wir uns befinden. Mit diesem Gedanken stolpere ich in die Hütte. Auf dem Boden, zitternd und durchgefroren und in dem Wind, der ins Innere der Hütte peitscht, sehe ich es ganz klar und deutlich. Im Laufe weniger Wochen hat sich zumindest mein Status von gefährdet zu ernsthaft bedroht verschoben.

~ 34 ~

Mit geballter Faust schlägt er gegen den Türrahmen, so fest, dass er sich anschließend mit schmerzverzerrtem Gesicht die fleischige Handkante reibt. Instinktiv will sie aufstehen, seine Hand in ihre nehmen, deren Gewicht spüren, während sie im Schein der Tranlampe die raue, trockene Haut untersucht, die dunklen Furchen und die aufgesprungenen Fingerkuppen, um dann seine Hand zu öffnen, ihr Gesicht hineinzulegen, Nase und Mund in seine Handfläche zu bohren und da, wo die Haut am weichsten ist, seinen Geruch einzuatmen, vorsichtig den Geschmack nach Erde, Salz und Metall ablecken, ihn zärtlich küssen. Doch wie soll sie das tun, wenn er ihr mit gebeugtem Nacken den Rücken zuwendet, weil sie wieder etwas gesagt oder getan hat, was ihn dazu bringt, gegen die Wände zu hämmern und zu schlagen.

Sie wohnen jetzt seit ein paar Monaten in dem neuen Haus, das noch lange nicht fertig ist. Eine wackelige Leiter ersetzt nach wie vor die Stufen zur Bodenkammer, und bis die Treppe fertig ist, schlafen sie selbst auf dem Küchenboden und die Mädchen in dem Zimmer gleich nebenan. Die Tür zwischen den beiden Räumen lehnt halb fertig an einer Wand, an den Fenstern fehlen die Leisten, und Holzbänke und Anrichte sind eilig zusammengezimmert, eine Notlösung, bis er dazu kommt, etwas Besseres zu schreinern, so wie das, was sie vorher hatten.

Sie hält sich zurück mit Klagen, er hat genug zu tun, doch ist unverkennbar, dass der Hausbau ihm nichts als eine Bürde ist. Das erste Haus hat er mit Sorgfalt errichtet, stark und solide, das neue dagegen eilig zusammengesetzt als einen müden Abklatsch. Und das ist noch nicht das Schlimmste. Sie selbst behandelt er genauso, flüchtig und wie eine Zumutung. Abends vor dem Ofen, wenn sie auf ihren dünnen Unterlagen aus mit Stroh gefüllten Jutesäcken liegen, schaut Olaf sie nur kurz an, dann dreht er ihr den Rücken zu. Und wenn sie ihm eine Hand auf die Schulter legt, schüttelt er sie ab, flüstert mit leiser, eindringlicher Stimme, dass die Kinder sie hören könnten. Tagsüber ist er mit Fischen, Jagen oder mit den Schafen beschäftigt; er weicht ihr aus, wie er dem Haus ausweicht, dem Verlangen nach Aufmerksamkeit, das hier drinnen allgegenwärtig ist. Doch während er abwesend und gedankenschwer erscheint, wirkt sie präsent, leicht und zufrieden. Und je finsterer er wird, desto fröhlicher und offener versucht sie sich zu geben. Sie lacht, wo sie ihm mit Ernst begegnen sollte, lächelt, wo ein mitfühlender Blick angebracht wäre, und wo sie behutsam sein, Rücksicht und Anteilnahme zeigen müsste, plappert sie unbeschwert drauflos, erzählt, was sie gerade beschäftigt. »Das wird schön, wenn die Mädchen in die Bodenkammer ziehen«, sagt sie dann beispielsweise. Oder: »Hände und Füße werden ganz steif am Spinnrad, wenn es so zieht. Wenn das so weitergeht, kann ich dir weder Wärme noch Kleidung schenken, mein lieber Mann.« Und dann bricht sie vielleicht noch lachend aus: »Nein, so ein Elend habe ich ja noch nie erlebt!«

Sie bilden zwei Gegenpole, und da ihre Unterschiede sich mit der Zeit noch verstärken, schieben sie sich gegenseitig immer weiter hinaus auf ihre einsame Bahn. Eine kompakte Finsternis und ein überwältigendes Licht, das sind sie geworden, sie sitzen jeder an einem Ende des Holztisches, die Kinder in der Grauzone zwischen ihnen. Er tief über seinen Teller Suppe gebeugt, sie in ein leichtes Plaudern mit den Töchtern über Aufgaben und Pflichten verwickelt. Und genau wie das Schwere in ihm und die Leichtigkeit in ihr ist der Abgrund zwischen ihnen etwas, das Borghild verdrängt, während es

Olaf überall auffällt, auf dem Grund der Teller wie in ihren Augen.
Nachts schläft er unruhig, wirft sich herum, bis er endlich stöhnend aufsteht. Sie wacht manchmal auf, tut aber so, als würde sie weiterschlafen, und verfolgt über die Bettdecke blinzelnd, wie er im Zimmer umhergeht. Sie sieht, wie er mit den Fingern über die Hobelspuren an den Holzwänden fährt, hört, wie er schwer schluckt, herumkramt und verstreute Dinge aufhebt, einen Löffel, Steine oder Muscheln, die die Kinder gesammelt und hereingebracht haben, oder er setzt sich auf die Bank und blättert in der Bibel. Meist schläft sie zu den Worten, die er andächtig vor sich hin flüstert, wieder ein, zu dem leichten Luftzug, wenn er die dünnen, spröden Seiten behutsam umschlägt, unterbrochen von Rascheln, wenn er hastig weiterblättert. In dieser Nacht jedoch liegt sie wach. Vom Fenster, das nur angelehnt ist, strömt eine Spätsommerbrise herein, es riecht nach Meer und frisch gesenstem Gras, und von dort, wo sie liegt, erscheinen sein Kopf und sein Oberkörper wie von einem Strahlenkranz umgeben; es leuchtet um ihn, als wäre er durchströmt von Gottes Wort. Endlich Frieden, denkt sie, sie will aufstehen, ihn umarmen, ihn vielleicht um Vergebung bitten. Denn ihre Heiterkeit ist hart erkämpft und aufgesetzt; wenn auch sie sich dem Unglück und der Trauer hingeben würde, würde das Elend sich wie eine Finsternis aus der Hölle ausbreiten und die Übermacht in ihrem Haus erlangen. Wie eine zarte Flamme hat sie die Hoffnung durch einen Winter, einen Frühling und einen Sommer getragen, hat sie nah, ganz nah an der Brust gehütet wie etwas Heiliges, für sich und für sie alle. Sie tut es noch immer, und sie tut es wieder; sie steht auf, geht vorsichtig hinüber und setzt sich neben ihn, und mit dem Licht des Fensters vor Augen und einer Hand auf seiner Hand fragt sie ihn leise flüsternd, ob er ihr verzeihen kann.

Er zieht den Arm weg. »Du nimmst es zu leicht«, sagt er mit einem schiefen Blick auf ihre Hand, die wie ein unbeholfener, welker Körperteil zwischen ihnen liegt. »Ich begreife es einfach nicht: Wir müssen unser Leben aus der Asche neu errichten, und du erwartest, dass alles wird wie früher. Das wird es nicht. Nichts wird mehr wie früher. Unser Sohn ist tot. Unser Haus ist abgebrannt. Und was ich nicht ertrage, nicht aushalte, ist dein Lachen, deine Stimme, die so hell und so laut klingt, dass mir der Kopf davon zerspringt. Ich verfluche es, hörst du? Ich verfluche es, dass du alles so leichtnimmst, das ist das eigentliche Unglück, dass du hier herumläufst und lächelst, als wäre nichts geschehen. Ich verfluche es, ich verfluche dich und alle, die so sind wie du, bis ans Ende meiner Tage. Verstehst du das?«

~ 35 ~

Ein paar Wochen vor meiner Abreise, an einem Dezemberwochenende, an dem Lina bei mir war, lud Jo uns ein, bei ihnen zu Abend zu essen und zu übernachten. Wir wollten feiern, dass alle Formalitäten geklärt waren und es für mich nun endlich losgehen konnte, zugleich war es die letzte Nacht, die er und ich vor meiner Abreise miteinander verbringen konnten.

Ich fühlte mich wie endlich befreit von dem Kampf, den S. und ich miteinander geführt hatten. Neujahr stand wie in Licht gebadet vor mir, als würde die Sonne am Himmel aufgehen, als könnten meine Doktorarbeit wie auch meine Beziehung zu Jo von nun an immer nur wachsen und besser werden. Ich ahnte Luft und Leichtigkeit und eine grenzenlose Freiheit, ja, es war, als hätte ich abgehoben, schwebte weit über jedem nur erdenklichen Hindernis. Sollte S. doch rasen und toben. Ich war sowieso bald weg.
Wie glücklich ich an diesem Nachmittag war! Jo und Maria hatten den Tisch und die Bänke mit Wichteln und Engeln aus Glanzpapier und Küchenrolle geschmückt, von der Decke hingen rote und grüne Girlanden zwischen Lichterketten, und auf einem kleineren Tisch vor dem Wohnzimmerfenster stand ein Pfefferkuchenhaus, das sie zusammen gebaut hatten, krumm und schief unter der Last des Zuckergusses, der bunten Drops und des Haufens Schokolinsen in verschiedensten Farben. Die Kerzen brannten, auf dem Küchentisch standen Schüsseln mit Obst und Süßigkeiten, und im Hintergrund füllte Musik das Zimmer mit froher Weihnachtsstimmung.

Ich ging umher und zeigte Lina alles, lachte und scherzte mit Maria, und während Jo Hackfleisch briet und die Zutaten für die Tacos vorbereitete, lief ich zwischen ihm und dem Wohnzimmer hin und her, beobachtete ihn, wie er sich bewegte und in welcher Stimmung er war, seinen Po, seine Schultern, das Grübchen in seinem Nacken, in dem sein Haar zu einer Spitze zusammenlief, seine arbeitenden Hände, das Zusammenspiel von Kraft und Empfindsamkeit, Festigkeit und Leichtigkeit in den Fingerspitzen, mit denen er die Tomate schnitt. Lina klammerte sich an mich, steckte einen Finger in den Mund und blickte sich mit großen Augen um. Sie hatte Jo schon mehrfach getroffen, Maria auch, aber anscheinend nicht oft genug, dass sie sich getraut hätte, mich loszulassen. Oder war sie einfach nur so überwältigt vom Weihnachtsschmuck, von der Musik und der Stimmung und dass ich so frei und ungehemmt meine Freude zeigte? Auch wenn es mir damals nicht bewusst war, sehe ich es doch jetzt: So hatte sie unseren Alltag nie erlebt, sie war wie zerrissen zwischen S. und mir. Und die Male, die sie mich in letzter Zeit in meiner Wohnung besucht hatte, war ich wahrscheinlich mehr damit beschäftigt gewesen, meine Forschung vorzubereiten, als damit, Glanzpapier zu falten und Pfefferkuchen zu backen.

Im Laufe des Abends taute sie jedoch auf, nicht zuletzt dank Maria, die sie in ein Spiel hineinzog, bei dem sie das Baby war und Maria die Mutter. Jo und ich hatten eine kleine Atempause auf dem Sofa, und während wir Kaffee tranken und die Reste des Nachtischs aßen, verfolgten wir ihr Spiel. Maria brachte Lina dazu, sich auf den Boden zu legen, den Kopf auf ein Kissen, und während sie mit Decken und Tüchern beschäftigt um sie herumlief, forderte sie Lina auf zu weinen. »Du musst weinen«, sagte sie, aber Lina reagierte nicht. »Du musst weinen, das machen alle Babys«, sagte Maria ungeduldig, aber Lina gab keinen Laut von sich, lag nur still da, den

Blick auf mich gerichtet und die Hände fest um die Decke geklammert.
Eigentlich maß ich dem keinerlei Bedeutung bei. Meine Aufmerksamkeit war ganz auf Jo gerichtet. Ich wollte mit ihm über meine Reise zum Vogelfelsen sprechen, über die Herausforderungen, die das Datensammeln mit sich bringen würde, was uns beide in den Monaten erwartete, die wir dort sein würden. Natürlich hatten wir das Thema schon unzählige Male diskutiert, aber irgendwie war es mir wichtig, dass er an diesem Abend etwas Genaueres und Konkretes sagte und mir die Sicherheit gab, die ich brauchte. Er nickte zu allem, stimmte mir mit ein paar *na klar* und *selbstverständlich* zu, wiederholte noch einmal, mit einem Lächeln wohlgemerkt, dass wir in dieser Saison auf große Druckunterschiede in der nordatlantischen Oszillation hoffen könnten, doch das war dann auch schon alles, denn seine Aufmerksamkeit richtete sich ganz auf die Kinder.
»Ich glaube, Lina ist ein bisschen verunsichert«, sagte er und unterbrach damit meine Ausführungen zu einem ähnlichen Projekt, das wir zwar bereits besprochen hatten, von dem ich aber fand, dass ich noch einmal betonen musste, wie wichtig es war. »Sie klammert sich an dich«, fuhr er unbeirrt fort, »hast du das gemerkt?« Ich brauchte ein paar Sekunden, um umzuschwenken, wollte etwas sagen, streckte den Rücken durch, holte tief Luft, besann mich dann aber doch mit dem Gefühl, missverstanden worden zu sein.

War ich zu wenig präsent? War sich Lina meiner nicht sicher? Wenn wir zusammen waren, wusste ich doch kaum, wo sie begann und ich endete; wir waren ein Strom, eine Bewegung, eine Richtung. Ich sah sie, und ich sah sie auch wieder nicht. Mir fehlte die nötige Distanz, wie zwischen mir und meinem Spiegelbild. Wie sollte ich da bestätigen können, was Jo behauptete, aber als Beweis für das Gegenteil? Nein, es war die

Essenz unserer Symbiose, die er aufgeschnappt hatte. So eng miteinander verbunden, so vollkommen durchdrungen von den gegenseitigen Empfindungen und Wahrnehmungen, dass man den anderen nicht mehr wahrnahm, sondern nur noch ein Wir.
Das hätte ich ihm sagen wollen. Stattdessen sagte ich: »Sie ist es so gewohnt, mich ganz für sich allein zu haben. Heute Abend habe ich eine Zeit für dich und eine Zeit für sie, und ich verteile sie, so gut ich kann.«
Hinterher in der Küche griff ich nach ihm, als er die Spülmaschine einräumte. Und mit Mund und Nase dicht an seinem Hals, spürte ich erneut die überraschende Ruhe, die er ausstrahlte. Nur an ihm zu riechen, die Nähe zu seiner Haut, seinem Haar, vermochte jede Aufregung zu stillen.

Als der letzte Zeichentrickfilm zu Ende war, trugen wir unsere Kinder hinauf ins Bad. Jo drehte das Badewasser auf und gab große Tropfen Badeschaum hinein, und während ich den Mädchen die Zähne putzte, machte er in Marias Zimmer das Bett zurecht. Sie sollten Kopf an Fuß liegen, was neu und ungewohnt für Lina war, und um sie vorzubereiten, schwärmte ich, wie lustig es werden würde, wenn Marias Zehen sie an ihren Füßen kitzelten. Lina lachte, als ich sie mit den Händen unter den Armen fasste und durch den Schaumteppich ins Wasser gleiten ließ – Maria gegenüber, die Seifenblasen in die Luft pustete. »Genau so liegt ihr nachher im Bett«, sagte ich und hockte mich neben die Wanne, fuhr mit der Hand über die hauchdünne Oberfläche, die sich hob, stieg und anschwoll. Ich drehte das Wasser ab und schob erneut den Schaum zur Seite, aber es schäumte immer weiter, und als sich direkt unter Linas Kinn ein Blasenteppich ausbreitete, fing sie an zu weinen.
Und damit hörte sie den ganzen Abend nicht mehr auf. Was ich auch tat, war falsch. Das Abtrocknen, Kämmen, wie ich

ihr den Schlafanzug anzog, und als ich sie ins Zimmer trug, wo sie schlafen sollte, ließ sie mich plötzlich los und warf sich heulend nach hinten. Maria saß müde und enttäuscht in ihrem Bett.

»Jetzt sollst du nicht weinen«, sagte sie zu Lina, »jetzt, wo wir schlafen sollen.« Ich setzte mich auf die Bettkante, hob die Decke an und klopfte auf das Kissen, ich summte und sang Lieder, die sie kannte, redete über ihr vertraute Dinge, aber Lina drehte und wand sich, schweißgebadet und mit roten Flecken vom Weinen, das immer nur lauter wurde. In einem Versuch, sie abzulenken, kam Jo noch einmal herein, um gute Nacht zu sagen. Maria legte einen Arm um den Hals ihres Vaters, eine Hand an sein Ohr und flüsterte etwas, wozu Jo nur sanft, aber ablehnend, den Kopf schüttelte. Ihre Unterlippe begann zu zittern, dann auch das Kinn, und als es ihr nicht mehr gelang, sich zu beherrschen, schluchzte sie auf und begann ebenfalls zu weinen.

Der Abend endete damit, dass wir zwei Matratzen in Jos Zimmer legten, und dort schliefen die Kinder müde vom Weinen endlich ein, auf dem Boden neben dem Bett, in dem wir lagen.

Die Straßenlaterne warf ein blassgelbes Licht durch die Vorhänge. Jo lag auf der Seite, das Gesicht zu mir gewandt, den Rücken zum spärlichen Licht, und ich konnte seine Gesichtszüge nicht erkennen, sie waren verschwommen, lösten sich im Dunkeln auf, während seine Konturen, Kopf, Hals und Schultern, sich scharf und deutlich abhoben. Ich streckte eine Hand aus, tastete im Leeren, bis seine Hand sich um meine schloss und er sie an seine Brust drückte. Ich rückte näher, kroch dicht an ihn heran, und die Lippen an seinem Hals, mit den Fingern sachte seinen Bauch streichelnd, hörte ich ihn in mein Haar flüstern, dass er jetzt nicht mit mir schlafen wolle, wenn die Kinder direkt neben uns lägen.

Ich drehte mich auf den Rücken, die Minuten wurden zu einer Viertelstunde, einer halben; ich konnte unmöglich schlafen. Ich brannte wie die Lampe draußen, vom Licht auf seiner Haut, glatt und glänzend über seinen Muskeln und Sehnen. Ich brannte darauf, unsere Absprachen zu besiegeln, mich auf ihn zu setzen, bis sein Glied in mich eindrang, und ihm dann mein unverbrüchliches Zeichen aufzudrücken, eine letzte, unauslöschliche Erinnerung.

Ich brannte, ich knisterte wie der Lichtbogen eines elektrischen Schlags, bis ich ihn mit rauer Stimme im Dunkeln flüstern hörte:

»Ich begreife nicht, dass es dir nichts ausmacht, Lina für so lange Zeit allein zu lassen.«

Und nach einer kurzen Pause:

»Versteh mich nicht falsch. Ich weiß, dass die Arbeit dir wichtig ist und dass du eine Weile von S. wegmusst, aber ich finde deine Entscheidung inzwischen so schwierig, dass ich gar nicht mehr weiß, was ich von dir denken soll.«

~ 36 ~

Vierzehnter Februar, elf Uhr. Beobachtung an der Hütte. Temperatur: minus eins Komma zwei Grad Celsius. Wind: Frische Brise aus südlicher Richtung, zehn Komma drei Meter pro Sekunde. Bewölkung: Sechs Achtel. Stratocumulus.
Ich schaue aus der Eingangstür und über die Ebene, die Ledermütze in der Hand, und während ich zwischen den Fingern ein Büschel Pelzfasern zwirbele, stelle ich fest, dass sich sowohl die Wetterlage als auch mein Leben doch noch einmal gefangen haben. Ich strecke den Rücken durch und ziehe die eiskalte Luft ein, spüre, wie sie meine Lunge füllt und wie sich über die Lungenbläschen und Blutbahnen frischer, belebender Sauerstoff in mir verteilt. Ich atme so tief ein und aus, dass der Kohlendioxydausstoß wie eine Wolke vor meinem Mund steht und mein Körper vor Kraft und Energie zittert. Ich lache laut, ein höhnisches Lachen, das über die Ebene schallt. Hier bin ich wieder! Quicklebendig! Ich lasse mich nicht unterkriegen, weder durch schlechtes Wetter noch durch irgendwelche Unfälle!
Mit neuem Mut, Schneeschuhen an den Füßen, Werkzeug in der Innentasche und zwei Brettern unter dem Arm nehme ich die kurze Strecke zum festgefahrenen Schneemobil in Angriff. Der Schnee spiegelt das blassviolette Licht des Himmels wider, und entlang des Wassersaums haben sich hier und da Schneematsch und körniges Eis aufgetürmt, wie geschickt aufgeschichtete Steinpyramiden zwischen Fischdosen, Flaschen und kaputten Netzen, die von den letzten Stürmen angeschwemmt worden sind. Ich schiebe den Müll mit den Füßen etwas weiter Richtung Land, um ihn später wegzuräumen. Dabei mache ich mir bewusst, was für diesen Ort und

was für mich selbst eigentlich zählt und was uns zugleich ausmacht, und ich zeichne vier Herzen in den Schnee, eins für Lina, eins für Jo, eins für den Vogelfelsen und eins für das Meer, und mit diesen vier in meinen Gedanken stapfe ich die letzten Meter zum Schneemobil hinüber.

Die Kufen ragen noch immer aus den Grundmauern, und der hintere Teil der Maschine ist unter losem Schnee begraben, der sich in einer dicken Wehe darübergelegt hat. Ich verschaffe mir rasch einen Überblick, versuche die Schneemenge einzuschätzen, dann fange ich, ohne zu zögern, an. Beim Schaufeln wird mir in dem Overall schnell zu warm, auch kann ich mich darin schlecht bewegen, doch schon bald ist der Schnee, der zu beiden Seiten des Fahrzeugs lag, auf kleine Haufen verteilt und ein Großteil des losen Schnees unter, vor und hinter der Maschine weggeschaufelt.

Wieder einmal stelle ich fest, wie unglaublich schön und friedlich es an einem hellen Tag wie diesem hier draußen ist; die unheimlichen Vorahnungen, die mich in letzter Zeit geplagt haben, erscheinen mir plötzlich vollkommen absurd. Und unwillkürlich muss ich daran denken, dass auch Borghild und Olaf Berthelsen einst innerhalb dieses Rechtecks gestanden haben, ein und aus sind sie hier gegangen, haben geschlafen, gekocht und gegessen, haben sich ausgetauscht und Tränen vergossen, haben gelacht und vor Wut getobt. Leben ist entstanden und Leben wurde gelebt, und eines Tages war es zu Ende, und jetzt ist nichts mehr übrig, nichts ist mehr zu sehen oder zu erahnen, außer der Senke zwischen den Hügeln und den Resten dieser Grundmauer.

Ich reiße mich zusammen und nehme den letzten Teil der Arbeit in Angriff. Rolle die Werkzeugtasche aus, gehe in die Hocke, stütze die Federn ab und überprüfe, ob die Kette nicht am Schieber festgefroren ist. Anschließend packe ich eine der Kufen und ziehe die Maschine so weit ich kann zur Seite, um dann den hinteren Teil ein Stück aus der Spur zu heben. Zum

Schluss drücke ich die Planken in den Schnee und unter die Kette, um den Untergrund zu stabilisieren, und platziere Keile darunter, dann ist alles fertig. Zufrieden schiebe ich eine gefrorene Haarsträhne zurück unter meine Mütze. Jetzt muss ich die Maschine nur noch vorsichtig aus der Grube manövrieren. Ich klettere auf den Sitz, und mit dem Daumen leicht auf dem Gas fangen die Kräfte an zu wirken; die Maschine ruckt und vibriert beim ersten Zug nur ein wenig, aber ich verlagere mein Gewicht rasch nach hinten, gehe ein bisschen vom Gas, und im nächsten Moment habe ich so viel Halt, dass die Maschine beinahe unmerklich aus der Vertiefung gleitet. Verschwitzt und mit klopfendem Herzen werfe ich die Arme in die Luft, stoße einen Jubelschrei aus, der wie ein Axthieb über die Ebene flirrt:
»Ich bin unbesiegbar! Ich kann alles schaffen!«

(Ich könnte selbstverständlich auch die Mühe betonen, dass mir Rücken und Arme schmerzten und ich in dem Wunsch, meinen verletzten Knöchel zu schonen, Muskeln in Anspruch nahm, die diese Art Arbeit nicht gewohnt sind und sich deshalb verspannten, bis ich Wadenkrämpfe bekam. Ich könnte die Kälte erwähnen, den Frost, der sich in die Fingernägel bohrte, die nachlassende Feinmotorik in den Fingern, die sie zu plumpen, schlechten Werkzeugen machte, und den Wind, ich könnte wenigstens einmal den Wind erwähnen, den losen Schnee, der unablässig aufwirbelte und sich wie eine Zuckerdecke über jeden Spatenvoll legte, mir ins Gesicht peitschte, das verschwitzt und zugleich eiskalt war, und ja, ich könnte von meiner Haut erzählen, wie die Wärme in der Hütte hinterher die Adern weitete und die Poren öffnete, die Entzündung, die Hautoberfläche, die an so viele Stellen spannte, mein geschwollenes Gesicht, blaurot wie bei einer Trinkerin. Doch warum sollte ich das tun? Wenn ich all diese Strapazen so souverän meistere?)

~ 37 ~

Ich rolle gelbe, rote und grüne Bonbons zwischen Zunge und Gaumen hin und her, säuerlich und zugleich so dermaßen süß, dass ich ein Stück abbeißen, den Saft heraussaugen muss, bis ich merke, wie mir der Speichel im Mund zusammenläuft. Es sind Jos Lieblingsbonbons, ich habe mehrere Tüten für ihn bestellt, und nachdem ich eine geöffnet hatte, habe ich mir immer wieder bis zu sieben Bonbons auf einmal in den Mund gesteckt. Es werden immer weniger, ich halte inne, bin mir des psychologischen Aspekts durchaus bewusst: Jos Abwesenheit, die Leere, die die Bonbons füllen, dass es im Grunde er ist, den ich da in meinem Mund bewege, er, an dem ich sauge, so gierig, dass mir der Speichel tropft. Nicht ganz zu verachten ist aber auch die Wirkung der Bonbons auf meine neurobiologischen Prozesse. Geschmack, Geruch und Aussehen, womit ich das Objekt meiner Begierde assoziiere, lösen einen Dopaminschub in mir aus. Und die Belohnung ist genau das: ein Gefühl von Zufriedenheit und Glück. Und ich persönlich würde hinzufügen: von Sonne in jeder einzelnen Nervenzelle.

Bevor ich zum Vogelfelsen hinausgefahren bin, habe ich mir eine Handvoll Bonbons in den Mund gestopft, und als ich jetzt das Schneemobil abstelle, mir die Schneeschuhe unterschnalle und mich Richtung Niederschlagsmesser und Wetterstation aufmache, zerkrache ich die Reste zwischen meinen Zähnen. Der intensive Geschmack versüßt mir sogar noch das Gefühl der Kontrolle, die Gewissheit, dass die aufgenommenen Daten meine Annahmen bestätigen und tatsächlich dazu geeignet sind, die Kluft zwischen Theorie und Wirklichkeit zu überbrücken. Und auch wenn immer mehr Studien

veröffentlicht werden, die einen Zusammenhang zwischen dem Klima und dem Zustand der Seevögel herstellen, gibt es, soweit ich weiß, nur ein paar wenige Artikel, in denen die Auswirkungen des Klimas auf die nordatlantischen Seevögel in internationalen Zeitschriften dokumentiert worden sind. Die Aussicht, einen wissenschaftlichen Artikel über gerade meine Feldstudie gedruckt zu bekommen, ist deshalb nicht nur gut – sie ist sogar sehr wahrscheinlich.
Die Masten der Wetterstation stehen unversehrt und gerade im Schnee. Auf einem der Sensoren hat sich etwas Eis gesammelt, aber es ist so wenig, dass es höchstens ein paar Messwerte des heutigen Tages beeinflusst haben dürfte. Ich lutsche zufrieden an den letzten Bonbonsplittern und sehe vor mir, wie die Farben sich auflösen; wenn ich jetzt den Mund öffnen würde, würde meine Mundhöhle wahrscheinlich ebenso grell leuchten wie der Himmel direkt über mir, eine Farbexplosion in Nuancen aus Rot und Pink mit gelben Schattierungen, wo selbst zwischen Gaumenzäpfchen und Mast, Spucke und Meer kein Unterschied mehr zu erkennen wäre. Ich schlucke den allerletzten Rest herunter, und während ich meine Fotos mache und die Daten der letzten beiden Tage herunterlade, streicht der Wind wie immer um die Sensoren herum und lässt die Halteseile leicht erzittern.

Auf dem Rückweg denke ich, beflügelt durch einen neuen Glauben an meinen Aufenthalt hier draußen, wie viel Glück ich trotz allem gehabt habe. Zum Beispiel die Tour vom Plateau zur Landenge herunter, da waren manche Partien tatsächlich ziemlich steil, und an einem Tag mit Schneefall und schlechter Sicht hätte ich durchaus aus der Spur geraten können – mit allen Konsequenzen, die das mit sich bringen kann. Ich hätte mich wegen der schlechten Witterung und mangelnder Orientierung auf dem Plateau verirren können, in einem *whiteout*, einem Wetterphänomen, bei dem die Wolken und die schneebedeckte Landschaft miteinander verschmelzen und der Horizont und jeder andere Unterschied verwischen, bis man wie in einer endlosen weißen Leere dasteht. Ohne Orientierungspunkte, ohne irgendetwas, woran der Blick sich festhalten kann, kann man nichts mehr sehen, kann nicht mehr gehen und noch weniger fahren. In Kombination mit der Kälte und dem unaufhörlichen Wind wäre ich in einem solchen Wetterphänomen innerhalb weniger Stunden erfroren. Gott sei Dank für mein Glück und für die Farben, denke ich, für jede Nuance, jeden Unterschied, ohne sie wäre ich verloren. Und dann lächle ich ein wenig bei dem Gedanken, dass Jo, wenn auch nur in Form von bunten Bonbons, in der Hütte auf mich wartet.

~ 38 ~

Das Gefühl von Souveränität und Unüberwindbarkeit lässt mich förmlich schweben, und zurück in der Hütte, fällt mir plötzlich auf, wie sehr ich inzwischen das einfache, robuste Leben hier schätze. Die Schaukelstühle, der grobe Holztisch auf seinen zwei Böcken – es kommt mir vor, als würden sie mich jeden Tag aufs Neue willkommen heißen und mich bitten, Platz zu nehmen. Das einfache Waschbecken, das zur Winterzeit aufgrund des gefrorenen Bodens nicht benutzt werden kann; wie schön es ist, morgens davorzustehen, eine kleine Wanne mit Schneewasser in dem gesprungenen Becken, meinem Blick im Spiegel zu begegnen und mich selbst unter den zähen Wasserstrahlen eines ausgewrungenen kalten Lappens wach werden zu sehen. Die Anrichte mit dem zerschlissenen Wachstuch – mittlerweile kann ich mir keine schönere Arbeitsfläche mehr vorstellen –, hier bereite ich mir das Frühstück zu, während sich vom Kessel auf dem Gasherd Kaffeeduft ausbreitet, ich genieße die erste Tasse am Fenster sitzend, mit Aussicht auf den Fjord, mitten im Grenzland zwischen der Kälte vor der Tür und der Wärme des Ofens, so zufrieden und versunken in meinen eigenen Gedanken, dass ich jedes Mal zusammenzucke, wenn die verbrannten Holzscheite zu Asche zerfallen.

In solchen Augenblicken könnte ich mir vorstellen, den Rest meines Lebens hier zu verbringen; eine Wissenschaftlerin mit einer ewig unvollendeten Feldstudie. Denn wie gesagt störe ich mich nicht an Bedingungen, die möglicherweise nicht ganz so angenehm sind, wie zum Beispiel der Mangel an Wasser, das ständig aus großen Mengen Schnee geschmolzen werden muss, damit es für Abwasch, Dreckwäsche und Körper-

hygiene reicht. Das führt dazu, dass Teller und Tassen sich stapeln, zusammengeklebt von Bratfett- und Saucenresten, während die Dreckwäsche, vor allem Unterhosen, die in einer Wanne unter dem Waschbecken einweichen, manchmal mehrere Tage stehen bleiben, bis der Geruch nach fauligem Wasser, Waschmittel und gelösten Sekreten die ohnehin schon stickige Luft durchdringt. Bisher habe ich die tägliche Körperpflege ganz gut eingehalten, doch hin und wieder erkenne ich auch Anzeichen meines Alleinlebens, abgeschieden von den Blicken und dem Geruchssinn anderer Menschen. Dann kommt mir manchmal der Gedanke, dass ich ihr ähnele, der, die früher hier gewohnt hat, dass sie wahrscheinlich genauso aussah, nach Monaten und Jahren in sozusagen denselben Verhältnissen: Arme und Hände stets von Ruß befleckt, die Haut blass und glänzend unter Schichten von Bratfett und Schweiß, das Haar in öligen Strähnen, gekämmt und in einen strengen Mittelscheitel geteilt, der Körper in einen Mantel von Essens- und Feuergeruch eingehüllt. Ich übertreibe natürlich, sowohl was mich als auch was sie angeht, aber ich fürchte, dass Jo mich genau so sieht, wenn wir skypen: jeder gesellschaftlichen Erwartung an Körperpflege entbunden, präsentiert sich ihm der trübe Grund des Verfalls auf dem Bildschirm.
Wenn ich ehrlich bin, hat Jo während unserer letzten Skype-Gespräche Befremden ausgedrückt und hat möglicherweise noch distanzierter gewirkt als sonst, besonders, nachdem die Wunde sich entzündet hat und die Haut auf meiner Wange zu einer dicken Wulst angeschwollen ist. Oder ist es wachsende Besorgnis, die ich sehe, macht er sich Gedanken wegen meines Sturzes vor ein paar Wochen? Manchmal legt er eine Hand über seine Nase und presst sie fest auf seinen Mund, wie um einen Ausbruch zu verhindern, und dann platzt er doch mit heiserer Stimme heraus:
»Na, du scheinst ja wirklich vollkommen in deiner Arbeit aufzugehen.«

Oder:
»Das sind aber ganz schön harte Bedingungen bei dir da draußen.«

In der Ecke des Bildschirms lache ich ihn an, mit weit geöffnetem Mund, die Augen zu zwei schmalen schwarzen Schlitzen verengt, und ich frage mich, ob wirklich ich es bin, die ich da sehe.

~ 39 ~

Ich gehe in den Schuppen und kehre mit einem Korb voll trockenem, gutem Birkenholz zurück. Kurz vor der Tür bleibe ich stehen und schaue über die Ebene, den Blick auf das dichte, feine Schneetreiben gerichtet, das plötzlich funkelt wie Goldstaub, eine kleine wirbelnde Wolke, vom schläfrigen Nachmittagslicht der Sonne durchdrungen, die knapp über dem Rand der Landzunge liegt. Ich will hineingehen und die Kamera holen, und mit einer Hand auf der Klinke bücke ich mich und stelle den Korb ab. Dann richte ich mich wieder auf und spüre im selben Moment das charakteristische Rucken des Satellitentelefons in der Tasche meines Overalls, das Signal, dass ich eine Nachricht bekommen habe. »Das muss Jo sein«, sage ich laut zu mir selbst und zittere vor Erwartung. Dennoch nehme ich zunächst wie geplant die Kamera vom Haken, gehe auf die Treppe hinaus und zoome das Lichtphänomen heran, fest entschlossen, mir nachher auch noch eine Tasse Kaffee zu kochen, bevor ich seine Nachricht lese. Um mir zu beweisen, dass ich mich an diesen Aufschub halten kann, schieße ich mehr Fotos als streng genommen notwendig. Die spielerischen Wirbel des Schneegestöbers sind abgeflaut, ja, ganz zum Stillstand gekommen, aber ich mache weiter, drehe mich langsam um mich selbst, zoome, nehme den Fjord und die Landenge und den Schuppen als Motiv, und als ich irgendwann genug habe, gehe ich hinein und setze mich an den Tisch, um die Bilder auf dem Computer zu speichern, noch immer in voller Montur und mit dem Telefon in der Tasche. Ich genieße die überraschende Zuwendung, die Vorfreude auf jedes einzelne Wort und dass er, Jo, mir etwas sagen will, außerhalb der vereinbarten Zeiten, in denen unsere

Gespräche oft stotternd und merkwürdig verlaufen, eben weil wir nicht spontan Kontakt aufnehmen können, wenn wir uns vermissen, sondern nur tun, worauf wir uns geeinigt haben, um einer selbstauferlegten Verantwortung gerecht zu werden.

Im Grunde hat die Feldarbeit viel Ähnlichkeit mit dem Aufenthalt auf einer Raumstation.
Wie ein Astronaut befinde ich mich in einer Leere, allein und unendlich weit von anderen Menschen entfernt, vollkommen abhängig von der Technologie als einzigem Bindeglied zur Umwelt. Ein Kontakt so strukturiert, so auf das Funktionale ausgerichtet, dass es wie eine liebevolle Umarmung erscheint, wenn jemand unerwartet eine persönliche Nachricht schickt.

Es vergeht eine halbe Stunde, bis ich schließlich den Overall ausziehe und das Satellitentelefon auf den Tisch lege, und eine weitere Viertelstunde, bis ich mich mit einer Tasse Kaffee ans Fenster setze, um die Nachricht zu lesen. Ich habe Holz nachgelegt, aber kein Licht gemacht. Die Wärme, der Lichtspalt der halbgeöffneten Ofenklappe, haben eine beruhigende Wirkung auf mich, wie die Nähe eines treuen Haustiers. Ich trinke einen Schluck, beiße mir auf einen Fingernagel, und als die Erwartung sich ins Unerträgliche gesteigert hat, sehe ich meinen Händen zu, wie sie das Telefon aus der Schutzhülle ziehen, das Display zu mir drehen, den Bildschirm einschalten und den Nachrichteneingang öffnen. Ich sehe noch, dass die Nachricht nicht von Jo ist, sondern von S. Das ist alles. Mit einem Mal ist mein Blick wie festgenagelt, meine Finger erstarren in ihrem Griff.

Oder ist es meine Umgebung, die angehalten hat und stehengeblieben ist? Als ich den Blick zum Fenster wende, scheint der Himmel wie aufgerissen von den scharfen Spitzen der Fixsterne. Was von der Himmelshülle noch zu sehen ist, läuft aus, ich spüre es in den Augen, schon morgen hat das Universum vielleicht kein Licht mehr.

Der Ofen erlischt, im Zimmer wird es kühl. Die Kälte kriecht durch den Boden, dringt durch die Wände. Ich wage kaum, mich zu rühren, hebe lediglich einen Finger, in der Furcht, eine Lawine in Gang zu setzen.
Unzählige Male lese ich die Nachricht, und schließlich besteht sie nur noch aus einzelnen Worten auf einem Grund aus hartem Plastik und Metall.

Man könnte sie so lesen:
Es Gerücht du hast dort Nun noch mehr bist Gesellschaft.
Oder so:
geht das nicht alleine. Bald wirst du bekommen
Oder einfach so, wie es da steht:
Es *geht das Gerücht, du bist dort nicht alleine. Nun, bald wirst du noch mehr Gesellschaft bekommen.*

Endlich stehe ich auf, steif und verkrampft. Und zum ersten Mal seit meiner Ankunft verriegele ich die Tür. Von nun an ist dieser Ort zweigeteilt. In die Hütte, die Sicherheit in den Zimmern hier drinnen. Und in die Natur, die Landschaft, alles, was draußen ist.

~ 40 ~

Der Frühling, als du zweiunddreißig warst und ich einunddreißig, zwei Jahre vor Linas Geburt: Ich stand vor dem Café, in dem schon ein paar unserer Freunde saßen, und wartete auf dich. Der Asphalt war schwarz und feucht, der Himmel grau und bewölkt, es hatte den ganzen Tag geregnet. Ich freute mich darauf, mit dir zu feiern, deinen neuen Job, das letzte Gespräch mit deinem künftigen Arbeitgeber in einer Reihe von Vorstellungsgesprächen vor der endgültigen Einstellung. Es sei eine reine Formalität, hattest du mir am Morgen gesagt, bevor wir auseinandergingen. Und jetzt stand ich auf dem Parkplatz und wartete auf dich, zwei Stunden nachdem du eigentlich hättest fertig sein sollen. Du hättest längst im Café sein sollen, unser Telefonat lag bereits eine Stunde zurück und die SMS, in der du mich gebeten hattest, dir einen Parkplatz freizuhalten, eine halbe. Ich trug ein hellblaues Trägerkleid und um den Hals die Kette mit dem silbernen Herzen, die du mir zu Weihnachten geschenkt hattest. Ich fror und musste dringend auf die Toilette, hatte zu viel Bier getrunken, aber ich harrte aus, bohrte die Spitze meines dünnen Schuhs in den feuchten Kies, spürte, wie das Wasser zwischen meine Zehen sickerte, wie die Luftfeuchtigkeit an Haut und Haaren klebte, und fürchtete, dass du es mir ansehen würdest, dass ich schon ahnte, dass es schiefgegangen war. Du warst so stolz, und ich dachte, es wäre besser, so zu tun, als wäre nichts, und dir die Zeit zu geben, die du brauchtest, um, vielleicht in einem Nebensatz, zu sagen: »Nein, es ist nicht so gelaufen wie gedacht, aber was soll's, es kommen andere Chancen.« Als ich dich endlich kommen sah, richtete ich mich auf und lächelte und winkte, während du das Auto einparktest. Durch die

Scheibe sah ich, wie du die Handbremse zogst, auf deine gewohnte, selbstsichere Art den Schlüssel herausnahmst, aber vor der Bewegung, die darauf hätte folgen müssen, vor der Koordination von Armen und Beinen, die erforderlich gewesen wäre, um aus dem Auto zu steigen, sah ich dich zögern, und statt die Tür zu öffnen und auszusteigen, saßt du mit geballten Fäusten da und sahst mich durch die Scheibe an.
Ich würde niemals behaupten, dass du geweint hast, aber dein Blick war verletzt, die Ränder deiner Augenlider rot und geschwollen, und du zogst mich auf eine fremde und unvermittelte Weise mit dem Blick in dich hinein. Ich öffnete die Tür, immer noch fest entschlossen, so zu tun, als wäre nichts, aber im selben Moment warst du aus dem Auto und zogst mich an dich, und mit der Nase in meinem Haar seufztest du so heftig, so zärtlich, dass ich ganz aufrichtig und ohne Umschweife sagte: »Ich liebe dich.«

Nur ein halbes Jahr später hattest du mehrere Freunde in deine Wohnung eingeladen, um zu feiern, dass du endlich den Job bekommen hattest, der dir die Perspektiven bot, die du dir gewünscht hattest. Oder war es eine ganz gewöhnliche Party? Auf jeden Fall saßen wir auf Hockern und Kisten um den Wohnzimmertisch und die freistehende Kücheninsel herum, die aus diesem Anlass zu einem langen Tisch, wenn auch in verschiedenen Höhen, zusammengeschoben waren. Später am Abend stießen wir im Schein des Kerzenlichts mehrfach auf dich an, ordentlich angetrunken von Wein und Bier. Gläser und Flaschen schlugen aneinander, gefolgt von Lachen und Rufen, deine Freundschaft wurde gepriesen, aber auch deine Zielstrebigkeit und dein ausgeprägter Ehrgeiz. Die ganze Zeit sahst du mich an, ließest mich mit dem Blick nicht los, bis du plötzlich mit einem unergründlichen Lächeln aufstandst und eine Hand ausstrecktest, um das Lachen und Reden zum Schweigen zu bringen. Die anderen sahen erst sich

an und dann dich, erwartungsvoll, und du nahmst dir eine Flasche und fuhrst mit zwei Fingern um deren Hals, und ich war sicher, dass du einen Witz erzählen wolltest, und lächelte, ebenfalls erwartungsvoll. Es dauerte mehrere Sekunden, bis ich begriff, was du tatsächlich sagtest, dass du nämlich ein Lob auf mich ausbrachtest, eine Liebeserklärung an mich.
Du sagtest: Den Job und dass es dir so gutgehe, hättest du nur mir, deiner Liebsten, zu verdanken. Ich sei es, die dich dazu brächte, dranzubleiben, dieses kleine bisschen Mehr zu geben, nicht nur, weil wir es gut zusammen hätten und ich dich glücklich machte, sondern, weil … Hier hieltest du inne, stelltest die Flasche ab und griffst dir ans Kinn, wie um ein Zögern auszudrücken, doch dann redetest du weiter, beinahe flüsternd: Ich, die ich nach außen hin so stark wirke, so unabhängig und selbstständig, hätte oft zu kämpfen und jetzt, da wir uns besser kennen würden, wäre dir klar geworden, dass ich wie die meisten Frauen sei, nämlich nicht ganz so tough, wie die Leute immer dächten. Du räuspertest dich, machtest deinen Hals frei; alle sahen mich an, und dann sagtest du: Alles, was du dir wünschen würdest, wäre, mich glücklich zu sehen und mir die Geborgenheit und die Liebe zu schenken, von der du wüsstest, dass ich sie brauchte und suchte, alles, was du dir wünschtest, wäre, dass ich dir das, was du mir schenken würdest, eines Tages zurückgeben möge, in Form eines Zuhauses und einer Familie.
Während deiner Rede wanderten die Blicke der anderen zwischen dir und mir hin und her, und als du fertig warst, hatten viele Tränen in den Augen. Hinterher auf der Toilette war auch mein Blick verschleiert, aber vor Wut, vor einem rasenden Zorn, ich hätte am liebsten etwas kaputt geschlagen. Und weil ich damals noch nicht sah, was ich später begriff und über dich lernte, dachte ich, mein Zorn wäre ein Zeichen von Instabilität, eine grundlegende Schwäche, die mich dazu brächte, alles Schöne zu drehen und zu wenden und überflüs-

sige Fragen zu stellen. Erst viele Jahre später, nach zahllosen unheimlichen Reaktionen von dir und meinem Scheidungsantrag, konfrontierte ich dich damit, was deine Worte (schon damals) so deutlich gezeigt hatten. »Du bist pathetisch«, sagte ich. »Du willst mich einschränken, mich in dem Bild, ich sei hilflos und schwach, gefangen halten, dabei bist du es, du jämmerlicher Dreckskerl, der klein und ängstlich und vollkommen abhängig ist von mir.«

~ 41 ~

Sechzehnter Februar, neun Uhr abends. Über der Ebene und dem Fjord funkeln die Sterne der Milchstraße, ein Wandteppich und eine Kulisse für das Nordlicht, das wie giftgrüne Schlangen über den Himmel zischt. Ich bin auf dem Weg zur Außentoilette, bleibe aber stehen und schaue wie gebannt dem elektromagnetischen Tanz zu, der immer hitziger und nervöser wird, die zunächst schmalen Bänder transformieren sich zu einem Schwall wie aus Falten eines kostbaren Stoffes, der über mir zittert wie feinste Seide. Der Wind bläst leicht auf den Windmesser, es ist überraschend still, alles, was man hört, ist das Meer, ein Glucksen und Schwappen zwischen den Steinen am Ufer.

Während ich dort stehe und in das Himmelsgewölbe hinaufblicke, denke ich an Aberglauben und alte Mythen, an das Nordlicht als rachsüchtiges Wesen, das Unglück und Zerstörung bringt. Wenn ich mit einem weißen Tuch winke, kommt es, um mich zu holen. Das besagt der alte Mythos, aber auch das Bild, das ich von mir als Kind habe – mein Schrecken, als dieses seltsame Lichtspiel tatsächlich wie von dem Tuch angezogen zu werden schien, das ich in den Händen hielt. Achtundzwanzig Jahre später müsste ich mich eigentlich trauen, mit allem zu winken, was ich habe: Handtüchern, Laken und Lumpen, aber so, wie die Lage hier draußen ist, traue ich mich nicht einmal, das alte Experiment zu wiederholen.

Ich komme und hole dich. Das ist der Refrain des Nordlichts, aber auch des Ortes hier. Der Wind singt es hinter der Tür der Außentoilette, in der Dunkelheit des Schuppens, ich höre, wie es hinter mir herflüstert, unter meinem Fenster summt, als ich mich wieder schlafen lege. Jetzt komme ich. Jetzt musst du dich verantworten, für das, was du getan hast, was du leichtsinnig und ohne nachzudenken hast verlorengehen lassen. Ja, das haben wir beide durchlebt, Borghild und ich, die Vorwürfe, die rasende Verzweiflung, die sich im Blick des Mannes abzeichnete, wild bis zum Wahnsinn; wir haben gespürt, wie die Angst in jedem Zeh und Finger prickelte, sie hat uns überrollt, klamm und welk und zusammen mit einer aufdringlichen Übelkeit. Und was ich fürchte, fürchtete wohl auch sie, vor allem die Eskalation, wenn der Refrain schließlich von einer Drohung zu einem ganz konkreten, zerschmetternden Ruf wird: Jetzt kriegst du es zurück!

Olaf vertraut ihr nicht mehr, das wird im Laufe der Monate immer deutlicher. Sein Misstrauen äußert sich, was auch immer sie tut, sodass sie sich steif und unwohl, ja unfrei fühlt, selbst mit den Kindern. Er verfolgt sie, beobachtet sie. Sein Blick ist wie der unaufhörliche Luftzug durch die Balken, ein konstantes Wehen über Schultern und Arme, selbst unmittelbar neben dem Ofen, im wärmsten Teil des Hauses. Wie aus dem Nichts kann er auftauchen, auf der Wiese, im Stall und in der Bodenkammer, wie im Frühsommer, als sie, über den Bottich und das Waschbrett gebeugt, plötzlich seinen Atem im Nacken spürte. Oder er platzt einfach herein, fordert sie auf, sofort ihre Arbeit zu beenden, wie neulich, als sie Fladenbrot auf den Eisenringen des Ofens buk. Er gönnt ihr keine ruhige Minute, keinen Augenblick Frieden, vielleicht, weil genau das sein Zustand ist: ein rastloses Hin- und Herjagen zwischen dem Verlust von Niels und der Wut über ihre Verantwortungslosigkeit. Oder ist dieser Zustand etwas ganz anderem geschuldet, was sie nicht begreift, nicht versteht? Sein Gesicht. Sie träumt von ihm, von allen Seiten kommt es auf sie zu, aufgewühlt und verzerrt, und als sie nach einer Weile diese traumhaften Züge auch im Wachzustand zu sehen glaubt, nein, sicher erkennt, nur noch deutlicher und ausgeprägter, begreift sie, dass ihre Gefühle für Olaf bedroht, ja beschädigt sind, bis tief in den Kern dessen, was einst Liebe war.

Aber keine Schläge. Kein direkter Angriff. Nur dies, dieses Gefühl, dass etwas passieren könnte, jederzeit, überall, auf jede erdenkliche Weise. Und das ist vielleicht das Schlimmste: diese Sehne, die gespannt und wieder losgelassen, gespannt und wieder losgelassen wird, ständige Unruhe, Angst, böse Vorahnung. Zum Beispiel nach einem Vorfall wie diesem, auf dem Vogelfelsen:

Möweneier sind sowohl Nahrungsmittel als auch ein willkommenes Tauschobjekt für Tran, Zucker und Mehl, und in all den Jahren hier haben Olaf und sie sich gemeinsam um das Einsammeln gekümmert. Eier, die auf leicht zugänglichen Vorsprüngen der Felsspalten im Fjell liegen, lassen sich gut mit Eierlöffeln an langen Stöcken heraufholen. Sind die Eier jedoch versteckt, kann man sie nur unter Einsatz der eigenen Arme und Beine erreichen. Und das war bisher immer ihre Aufgabe, klein und leicht, wie sie ist.
Es war einer der ersten Frühlingstage nach dem Brand. Sie gingen schweigend von zu Hause los, Olaf mehrere Schritte vor ihr, und als sie an der Felskante ankamen, hatten sie noch immer kein Wort miteinander gewechselt, außer dem einen oder anderen unvermeidlichen Wort, als sie einsahen, dass die Ausbeute ohne Borghilds Einsatz sehr spärlich ausfallen würde. Mit einem Seil um den Bauch und einem Korb über der Schulter nahm sie die schräge, leichtere Fjellseite in Angriff, kletterte vorsichtig hinab, Vorsprung für Vorsprung, und an manchen Stellen, wenn es keine Eier gab, ließ er sie am Seil hinunter, jedoch nie mehr als fünf oder zehn Zentimeter auf einmal. Sie hatte ihm immer ganz selbstverständlich vertraut, das war das stärkste Band zwischen ihnen, nicht

das Seil. Wenn sie ihn von unterhalb der Kante nicht mehr sehen konnte und dastand, das Gesicht zum Fels, fühlte sie sich sicher. Sie war sich seiner Kraft und seiner Liebe gewiss, und dass alles, was er wollte, war, sie heil wieder oben zu sehen. Um sie herum flogen die Möwen zu ihren Nestern und wieder fort, manche flatterten so dicht um ihren Kopf, dass sie ihren Flügelschlag auf Rücken und Haar spüren konnte. Wütend versuchten sie mit dem Schnabel nach ihr zu hacken, doch sie wedelte sie weg und steckte flink die Eier ein. Die Kanten der Felsregale waren glatt und rutschig, voller Vogeldreck, feuchter Grashalme und Moos, und in einem unbedachten Augenblick rutschte sie ab und verlor das Gleichgewicht. Rasch griff sie nach dem Seil, hielt sich fest, hob den Blick und begegnete seinem hoch oben. Er hielt sie, sicher und fest, seine Arme waren stark und das Tau dick, doch sie erkannte plötzlich, dass sein eigenes Band zu ihr mürbe geworden war. Es war ein Blick, in dem sie ihn das Tau und sie selbst loslassen sah, ein Blick, der sie kopfüber herabfallen und in den Abgrund stürzen ließ, rückwärts, Rock und Schürze wie ein lockeres Seil um ihre Beine geschlungen, ein Blick, der sie verschwinden, kleiner und kleiner werden ließ, bis das Meer und die Dünungen weit unten sie schließlich verschlangen.

Diese Szene fand nur in ihm statt, doch sie sah alles, was er sich in dem Moment wünschte. Und dieses Bild nahm sie mit wie eine Krankheit, die ihr nach und nach alle Lebenskraft raubte.

~ 42 ~

Kann ich es Selbsttäuschung nennen, was ich in letzter Zeit immer häufiger erlebe? Nicht nur träume ich im Wachzustand und nehme Geräusche wahr; sondern selbst das Materielle, das wirklich Greifbare scheint mir immer wieder kleine Streiche zu spielen. Zum Beispiel passiert es, dass ich das Messer auf der Anrichte ablege und auf der Fensterbank im Schlafalkoven wiederfinde. Ich lege es zurück, ganz bewusst auf das Brotschneidebrett, aber wenn ich ins Bett gehe, liegt es wieder auf der Fensterbank. Mein Kalender ist mehrere Tage lang verschwunden, bis ich eine Schublade öffne und ihn finde, aufgeschlagen am zweiundzwanzigsten Februar. Das ist an sich vielleicht nichts Besonderes, aber nachdem es zweimal hintereinander passiert ist, verwirrt es mich.

Ich nehme mir vor, mich zusammenzureißen, meine Wahrnehmung zu verfeinern und sorgfältiger im Umgang mit der Wirklichkeit zu werden. Das Erste und Offensichtlichste, was ich tun kann, ist, einen verlässlichen Ablauf meiner täglichen Routinen zu schaffen, das heißt, alle festen Aufgaben zu einem ganz bestimmten Zeitpunkt zu erledigen. Ich nehme mir daher vor, jeden Morgen genau um halb acht aufzustehen, um Viertel nach acht zu frühstücken und, wenn das Wetter es zulässt, um Punkt Viertel nach elf zum Vogelfelsen hinauszufahren. Außerdem erstelle ich eine Liste über sämtliche Aufgaben und übertrage sie in einen Zeitplan, wie zum Beispiel Holz reintragen, das Schneemobil und das Aggregat tanken, Schnee für den Abwasch und die Körperpflege schmelzen und, je nach Bedarf: waschen, aufräumen und Schnee schaufeln. Für einen Außenstehenden mag es pedantisch und neurotisch erscheinen, doch für eine Eremitin ist eine exakte Aufteilung des Tages die Grundkonstruktion, die sie zusammenhält. Das Registrieren von Wetter, Temperatur und Windgeschwindigkeit, Luftfeuchtigkeit, Luftdruck und Niederschlag geht selbstverständlich weiter wie bisher, und diese Parameter in Verbindung mit den neuen Routinen werden mir hoffentlich wieder das nötige Gefühl von Übersicht und Kontrolle geben.

Doch da ist immer noch etwas, das ich nicht zu fassen bekomme. Eine Art Irritation, die allem zugrunde liegt. Eine nicht messbare Größe, die ich weder erklären noch benennen noch genau beschreiben kann. Wenn ich es versuche, denke ich mir eine vage Skizze von Schneewehen und Eis in dünnen, beinahe verwischten Strichen. Oder wie neulich, als ich am Herd stand und mir eine Konservendose aufwärmte und plötzlich ein Lichtstrahl durchs Fenster fiel, der über den Boden huschte und ebenso schnell wieder verschwand. Ich schaute hinaus; eine dicke Wolkendecke lag wie ein Mantel über der Ebene, doch an einer Stelle im Süden riss sie auf und entblößte einen endlosen Himmel, der sich in einem überwältigenden Blaugrün über den Schnee und die gesamte Ebene erstreckte. Es war, als fände ein Wunder statt, dort, gleich vor der Hütte. Wenn ich darüber nachdenke, löst sich das Bild jedoch buchstäblich auf; gekritzelte Striche, kreuz und quer, Linien, die aufleuchten und verschwinden, ein Flackern von Sternen über einem zitternden, bebenden Grund, plötzlich Rauch, endlose Weite. Doch das sind alles nur Worte, eine banale Verpackung der Wahrnehmungen, die ich nicht einordnen kann. Wie zum Beispiel auch das vorsichtige Zupfen an meinem Ärmel, als ich in meine Arbeit vertieft dasitze, das leise Streicheln über mein Haar, wenn ich am Einschlafen bin, das Gefühl, zurückgehalten zu werden, wenn ich zur Tür hinausgehen will. Es ist ein Gefühl von etwas Atmendem, Lebendigem, einer Anwesenheit – oder genauer: eine unbestimmte Sehnsucht nach menschlicher Nähe.

Dieses undefinierbare Etwas kann sich auch folgendermaßen äußern: Es ist ungefähr zehn nach elf am Vormittag. Ich habe das Schneemobil getankt und bin hin und her gelaufen, um die Ausrüstung zusammenzusuchen, die ich für die Tour zum Vogelfelsen benötige. Endlich bin ich fertig. Die Hüttentür ist zu, das Satellitentelefon steckt in meiner Tasche, und in der Box unter dem Sitz des Schneemobils habe ich den Computer, den Notpeilsender, etwas zu trinken sowie Proviant verstaut. Kleine Aufgaben, kleine Handgriffe, die ich inzwischen so oft durchgeführt habe, dass ich kaum darüber nachzudenken brauche. Jedenfalls ziehe ich mir die Handschuhe an, rücke die Lederhaube und die Schneebrille zurecht und setze mich dann, die Hände am Steuer, auf den Sitz. Möglich, dass ich einen Moment reglos dasitze, ich schaue zum Himmel, folge mit dem Blick der Spur, die noch vom Vortag zu sehen ist, doch als ich dann die Beine um den Tank lege, die Hand hebe und den Startknopf betätige, spüre ich es, in genau dieser Bewegung, in diesem Moment. Etwas, irgendetwas außerhalb meines Körpers, das sich hinter mich setzt und sich an meinen Rücken presst. Ein Druck, den Rücken entlang und die Oberschenkel, und dann ein Gewicht auf der Brust, als würde mich jemand festhalten oder mit starken Armen umfangen, so fest, dass ich nach Luft schnappen muss.

Dieses Gefühl, dieses Ungreifbare, taucht immer ganz plötzlich auf, und bevor ich es bewusst wahrnehmen kann, ist es auch schon wieder verschwunden, abgesehen davon, dass mein Nervensystem darauf reagiert und ich minutenlang Gänsehaut habe. Wobei: Ich habe einen gewissen Unterschied, eine Nuance zwischen dem bemerkt, was ich innerlich registriere, und dem, was ich äußerlich wahrnehme. Inner-

lich scheinen die Ereignisse von einem Wunsch nach Zuwendung geprägt zu sein, vermischt mit einer Art Fürsorglichkeit oder Hingabe, während ich äußerlich, umgeben von Wind, Temperatur, Luftdruck, den Parametern, die ich so sorgfältig messe und beobachte, eine Bedrohung ahne: dass es hier passieren wird, das, vor dem ich mich hüten soll. Oder vor dem ich mich schlicht und einfach fürchte.
Immer wieder ermahne mich selbst: Reiß dich zusammen. Von jetzt an denkst du nicht mehr an S. und auch nicht an die Leute, die früher hier gelebt haben.

~ 43 ~

An irgendetwas muss ich ja aber denken. Zumindest am Abend, der immer viel zu früh hereinbricht; schon nachmittags sind die täglichen Aufgaben erledigt und mein Zeitplan ist erfüllt. Außerdem wütet schon wieder ein Sturm in der Gegend, und bis der abflaut, verbringe ich die letzten untätigen Stunden des Tages im Schaukelstuhl vor dem Ofen.

Ich denke an Lina, ohnehin ist sie die ganze Zeit bei mir, aber selbst die hellsten und schönsten Erinnerungen ziehen mich eher runter, als dass sie mich aufmuntern.

Ich denke an Jo, an unsere Gespräche, an sein Wohnzimmer und seinen guten Geschmack, seine Möbel und Einrichtungsgegenstände, die Musik, die aus seiner Anlage dringt; helle Frauenstimmen und zarte Gitarrenriffs. Wieder einmal ziehe ich ihn aus; knöpfe sein Hemd auf, ziehe ihm die Hose herunter, lasse meine Hände über seinen Bauch wandern, durch den Haarkranz in einer dunklen Spitze vom Nabel herunter, und dann denke ich an seine Erektion, hart und fest, den schwachen Geruch nach salziger See. Ich denke an die Adern an der Unterseite seines Glieds, das Leitsystem von seinem Herzen und zurück, rot und blau, Hitze und Kälte, Nähe und Distanz, und bald bin ich ganz in meine Betrachtungen über Versprechungen und Enttäuschungen versunken, meine intensive Hoffnung und die darauffolgende Ernüchterung, sein Zögern, seine mangelnde Entschlusskraft, doch als der Druck mir die Kehle zuschnürt, halte ich inne und wende meinen Gedankenfluss in eine völlig andere Richtung.

Ich denke an das Schneemobil, an die Kraft der Maschine, das Motorengeräusch und die starke Beschleunigung, ich stelle mir mich selbst in einer weiten, offenen Landschaft vor, in

wilder Fahrt über die Schneeverwehungen fliegend und mit einem süßen Kribbeln in der Brust. Doch nach einem langen Schweben, konzentriert und in hohem Bogen, sehe ich mich landen, das Gewehr über der Schulter – wahrscheinlich in Assoziation an mein Probeschießen draußen – und, wie eine Spiegelung, S.' raumeinnehmende Gestalt am Vordersteven des Fischerbootes, das dem Kapitän gehört. Schnell denke ich wieder an etwas anderes, an den Vogelfels, meine Forschungsarbeit, die Daten, und für eine Weile gelingt es mir, mich mit wirklichen Problemstellungen zu befassen, wie dem besorgniserregenden Rückgang der Brutbestände. Die Seevögel bilden die Spitze der Nahrungskette und sind besonders gefährdet durch Umweltverschmutzung, Klimawandel und Veränderungen der Nahrungsgrundlagen. Ganze sechzehn von achtundzwanzig Arten, die entlang der Küste leben, stehen inzwischen auf der Roten Liste und gelten entweder als potenziell gefährdet, gefährdet, stark gefährdet oder vom Aussterben bedroht. Das erinnert mich an meine eigene Situation, vollkommen allein an diesem entlegenen Ort und unter der Androhung eines kommenden Besuchs. Dieses Bild ertrage ich nicht, ich halte es einfach nicht aus. Und als mir bewusst wird, wie begrenzt meine Welt in dieser endlosen Landschaft geworden ist, erkenne ich schaudernd, dass selbst die Gedanken auf einen verborgenen Winkel in meinem Gehirn angewiesen sind.
Mit trägem Interesse registriere ich das Anbrausen des Sturms gegen die Hüttenwände. Ich stelle meine Füße auf den Boden, stoße mich ab und strecke meine Zehen in die Luft; der Windstoß, der beim Schaukeln entsteht, ist befreiend frisch.

~ 44 ~

Neunzehnter Februar. Seit meiner Ankunft sind sechs Wochen und vier Tage vergangen. Es ist sechzehn Uhr dreißig. Die Temperatur an der Küchenanrichte beträgt zwanzig Grad. Am Schaukelstuhl – zirka anderthalb Meter vom Ofen entfernt – sind es fünfundzwanzig Grad, während das matschige, halb aufgetaute Schneewasser im Eimer auf der Anrichte eine Temperatur von eins Komma drei Grad hat. Draußen sind es minus zwei Komma vier. Der Wind weht von West, neun Komma sechs Meter pro Sekunde. Der Himmel ist zu drei Achteln bedeckt. Die Sonne, weniger als sechs Grad unter dem Horizont, gibt eine Lichtstärke von ungefähr vierhundert Lux ab. Jetzt ist es sechzehn Uhr dreiunddreißig, und ich höre folgende Geräusche: ein Knistern vom Ofen, ein schwaches Heulen vom Wind, der sich durch die Ritzen zwischen Eingangstür und Rahmen drückt, vermischt mit dem gleichmäßigen Brummen des Stromaggregats, das ein wenig an das Geräusch eines Rasenmähers erinnert und laut der Herstellerbroschüre eine Lautstärke von etwa fünfundsechzig Dezibel hat. Ich schenke mir meine vierte Tasse Kaffee ein. Meine Mundhöhle fühlt sich rau und trocken an. Aber das ist eine subjektive Wahrnehmung, im Gegensatz zu meinem Puls, der bei einhundertzehn liegt, und einer Atemfrequenz von vierundzwanzig pro Minute. Medizinisch betrachtet ist meine Haut leicht klamm und kalt, und ich nehme an, dass mein Blutdruck deutlich erhöht ist und meine Pupillen geweitet. Eine plötzliche Übelkeit steigt in meinem Magen auf, eine Sturzwelle von Makrelen in Tomatensoße, die ich gleichzeitig zu verdrängen und zurückzuhalten versuche, ebenso wie den Druck im Enddarm, die Schlacke und die verdauten Reste des einen Tag alten Chili con Carne. Ich gehe in der Hütte umher, schwindlig und benommen, nur eine Sache ist mir bewusst, nämlich, dass etwas verschwinden, transzendieren, sich in Luft auflösen will, in nichts – ein Wunsch, dem der Körper mit Hilfe der Impulse des sympathischen Nervensystems sofort und unbarmherzig nachkommt, indem er alle Schleusen öffnet. Ich stürze zur Außentoilette und entleere mich laut stöhnend. Nach fünf Minuten, in denen ich mich über die Klobrille gekrümmt und mich dann wieder daraufgesetzt habe, abwechselnd das Gesicht und den Hintern über der Pfütze, die sich gebildet hat, bin ich vollkommen erschöpft; meine Arme zittern und meine Beine ebenfalls, von der physischen Anstrengung und vor Kälte. Zugleich fühle ich mich in gewisser Weise auch erleichtert, klar, und während ich mich abwische und mit Feuchttüchern säubere, versuche ich den Augenblick wieder heraufzubeschwören, der zu dieser Reaktion geführt hat.

Meinem Tagesplan folgend, hatte ich mich hingesetzt, um die Daten vom Vogelfelsen in eine Exceltabelle zu übertragen. Außerdem hatte ich mir vorgenommen, die Bilder zu sortieren, um die schrittweise Veränderung der Schneeverhältnisse auf dem Gelände besser nachvollziehen zu können. Aber, was soll ich sagen … Bevor ich die Daten in Säulendiagramme übertragen konnte, musste ich die gesammelten Werte in ein Rechenblatt eintragen. Und in exakt diesem Moment hatte ich einen Aussetzer. Genauer gesagt, ich entdeckte einen völlig unverständlichen Fehler. Um es kurz zu machen: Die Jahreszahl, die für gewöhnlich bei jeder einzelnen Datenaufzeichnung aufgenommen wird, war plötzlich mit achtzehnhunderteinundsiebzig angegeben. Nun ja. Eine vollgepackte Harddisk, die einem gewissen Stress ausgesetzt wird, kann schon einmal die Datumseinstellung vermasseln. Ähnliches kann sicherlich auch mit einem Datenlogger passieren; Schnee und Eis können bekanntermaßen sowohl die Signale als auch die Messwerte beeinflussen. Aber achtzehnhunderteinundsiebzig? Ein komplett anachronistischer Fehler, natürlich, doch damit nicht genug; als ich meine eigenen Notizen mit den aufgenommenen Daten vergleiche, gehen die Beobachtungen viel zu weit auseinander. Am vierzehnten Februar um elf Uhr habe ich zum Beispiel eine frische Brise aus Süd von zehn Komma drei Metern pro Sekunde notiert sowie eine Temperatur von minus eins Komma zwei Grad Celsius. Der Datenlogger dagegen gibt eine Temperatur von minus dreizehn Komma sechs Grad an sowie eine mäßige Brise aus Südwest von sechs Metern pro Sekunde. Die von ihm aufgenommenen Daten zeigen generell eine niedrigere Temperatur an – und es wurde auch kein so heftiger Wind registriert wie der, dem ich neulich ausgesetzt war. Und in diesem Augenblick, meiner Phantasie vollkommen hingegeben und mit dem Magen voller umherschwimmender Makrelenstückchen, dachte ich also plötzlich, dass es die Daten von achtzehnhunderteinundsiebzig wären, genauer gesagt, von den Winterwochen kurz vor der unbekannten Tragödie – ein Jahr nach dem Brand auf der Ebene. Und nachdem meine Phantasie erst einmal in Gang gesetzt war und sich heiß und rot über alles andere gelegt hatte, ja, da fand ich, dass auch die Fotos diesen Eindruck bestätigten. War nicht die abgebildete Schneemenge viel größer als alles, was ich bisher beobachtet hatte – mit meinem eigenen scharfen Blick? Und der Schuppen – sah er nicht aus wie neu gebaut, auf den Bildern, die ich aufgenommen hatte, als ich das Lichtphänomen auf der Ebene festhalten wollte?

Eine Wahrnehmungsstörung aufgrund einer akuten Lebensmittelvergiftung, eindeutig, sage ich zu mir selbst und schließe die Tür der Außentoilette. Doch als ich mich an den Holztisch setze und die Datenreihe noch einmal durchgehe, leuchten mir dieselben Zahlen entgegen, dieselben nicht wiederzuerkennenden Aufnahmen, verlegt in ein anderes Jahrhundert. Und, ja. Dasselbe gilt auch für die Fotos. Die Schneemenge erscheint mir viel größer, der Schuppen neuer, wie eine Art eindringliche Erinnerung daran, dass Meteorologie eine Wissenschaft ist, die sich auf Chaos gründet.

In dem hilflosen Versuch, mir selbst zu entkommen, tigere ich in der Hütte auf und ab, doch im Widerschein der Fenster erkenne ich mein Ebenbild, und als ich den Küchenbereich betrete, ist es mein Blick, dem ich im Spiegel begegne. Ich gehe weiter in den Schlafalkoven, wo der Abdruck meines Körpers noch auf der Matratze zu sehen ist, es sind die Bewegungen meiner Arme und Beine, die das Laken verrutscht und die Decke zerwühlt haben. Der Staub zwischen den Bettpfosten stammt von mir, von meinem Bettzeug und meinen Kleidern, möglicherweise vermischt mit Haaren aus meinem Geschlecht und von meinem Kopf sowie mit einer mikroskopischen Menge Schuppen meiner äußersten Hautschicht. Auf der Küchenbank breitet sich mein Chaos aus, mein Dreck, meine Essensreste, und wenn ich die Augen schließe, ist es mein Geruch, den ich wahrnehme, eine Mischung aus Schweiß, Gasen, Atem, Stoffwechsel – meiner unerbittlichen, klammen Existenz. Und wenn ich einen weiteren Blick auf die Daten werfe, sämtliche Beobachtungen und Statistiken, sehe ich nichts als meine eigenen Theorien, meine eigenen Untergangsphantasien.

~ 45 ~

Was ich aus all diesen irrationalen Vorfällen, Wahrnehmungen und Geräuschen schließe: Es wird Zeit, dass ich mich mit mir selbst auseinandersetze, nach den Ursachen frage, geradeheraus und ohne Rücksicht – auch wenn die Antwort am Ende wahrscheinlich ebenso uneindeutig ist wie alle anderen möglichen Erklärungen. Zunächst einmal kann ich mich natürlich in einen Wahn hineingesteigert haben, ausgelöst von schierer Einsamkeit und meiner eintönigen Arbeit. Darüber hinaus ist es durchaus möglich, dass meine Schuldgefühle Lina gegenüber mich verrückt gemacht haben, meine Sehnsucht nach ihr und nach Jo oder aber mein Frust über Jos Zögern und Zweifeln. Die Sorgen um die Seevogelbestände können ebenfalls eine Rolle gespielt haben; überall sehe ich mögliche Bedrohungen für sie entstehen. Und vielleicht ist das Ganze auch meinem Verhältnis zu S. geschuldet, meiner konstanten, unbewussten Angst vor seinen Einfällen und manipulativen Spielchen. Die am wenigsten denkbare Ursache wage ich kaum zu nennen. Das Unglück, das von diesem Ort hier ausgeht. Ist es etwas Konkretes und Reales? Ahne ich eine ungreifbare Anwesenheit, die jeder Mensch spüren würde, die aber niemand, auch ich nicht, rational erklären kann? Bisher habe ich keine Antwort darauf. Dennoch denke ich an all das, was wir Menschen nicht wahrnehmen, wie zum Beispiel das Magnetfeld der Erde, nach dem einige Vögel, Fische und Insekten navigieren.
Die Frage scheint zu sein: Was ist es, das ich nicht sehe?

Es ist fast sechs, die Uhrzeit, zu der Jo und ich skypen wollten; vier Tage nach unserem letzten Bildschirmdate und zwei

Tage nach unserem letzten Telefonat. Es kommt mir vor wie eine Ewigkeit. In meinem Raumschiff vergeht die Zeit unendlich langsam, Tage und Nächte fließen ineinander, und die endlose Leere draußen wie drinnen verstärkt diesen Zustand. Ich müsste mich eigentlich frei fühlen, so außerhalb der Welt, aber ich habe mich noch nie so eingeengt und gefangen gefühlt wie jetzt.

Ich gehe zur Anrichte, wo ich normalerweise störungsfrei skypen kann, schalte den Computer ein, schließe ihn an das Satellitentelefon an und klappe den Bildschirm auf. Er wird schrittweise heller, wie ein Sonnenaufgang, bis er am Ende strahlend blauweiß ins dunkle Zimmer leuchtet. Wie das Licht eines Krankenwagens – oder das Flutlicht der Städte. Könnte ich doch nur in dieses Licht hineinkriechen, mich einen Moment geborgen fühlen, die Herausforderungen, denen ich hier ausgesetzt bin, als vergänglich empfinden, wie eine oberflächliche Entzündung. Nicht unähnlich dem Gefühl, das ich manchmal mit Jo habe: das Gefühl, dass jetzt, ab jetzt, alles viel, viel besser wird.

Wie bei unserem ersten Ausflug, einer Wanderung bei klarem Herbstwetter, auf einen Gipfel direkt oberhalb der Stadt. Wir gingen an Abhängen entlang, im Zickzack über steile Anstiege, wir kletterten Böschungen hinauf, atmeten und schwitzten im Takt, und zweieinhalb Stunden später standen wir auf dem Gipfel. Wir hielten einander umschlungen, sagten nichts, überwältigt von der schwindelerregenden Aussicht: Meer, Inseln und Berge, der Horizont, der Nebelschleier über der Mündung des Fjords, die atemberaubenden Felsformationen weit draußen. Nach einer Weile ließen wir uns neben einem Felsen mit dunkelgrünen Flechten nieder, um im Windschatten zu picknicken. Eine dünne Schicht Moos bedeckte gerade so den verwitterten Felsboden, und als ich mich setzen wollte, hielt Jo mich zurück, faltete meine mitgebrachte Decke doppelt und legte seinen Schal obendrauf. Es gefiel mir so

sehr, dieses Fürsorgliche, und als wir dasaßen mit der Thermoskanne zwischen uns und unser Brot aßen, fragte ich ihn rundheraus, wie er mich fände. Meine Direktheit überraschte ihn, das merkte ich daran, wie er sich den letzten Bissen in den Mund steckte, und an seinem nachdenklichen Kauen, doch als er sich zu mir umdrehte, war sein Blick vertraut und offen, und mit dem Gesicht dicht an meinem sagte er, dass ich auffällig zäh und ausdauernd sei, das sei das Beste, was er sagen könne, zumindest jetzt, auf dieser Wanderung. Wir lachten und aßen weiter, und auch wenn seine Antwort nicht ganz so ausgefallen war, wie ich gehofft hatte, freute es mich, dass er mich so sah, denn anschließend waren es genau diese beiden Eigenschaften, die ich am dringendsten benötigte. Zäh und ausdauernd im Umgang mit S. und seinen Aggressionen, zäh und ausdauernd im Ertragen all des Schlimmen, das mich erwartete, zäh und ausdauernd in der Gewissheit, dass am Ende alles schön und gut werden würde.
In der Aussicht, in dem langgestreckten Horizont sah ich die Freiheit, dort geschah es, dass sie zwischen uns aufflog wie ein Adler aus einer tiefen Schlucht.

Jetzt aber ist diese Freiheit abgestürzt. Sie liegt in der Hütte, zu Boden geschleudert von unvorhergesehenen Phänomenen und Begebenheiten – ebenso wie ich, die ich vor dem Computer stehe, eher zittrig und erschöpft als zäh und ausdauernd. Ich rufe Jo an, und da ist sein Gesicht wieder, noch schöner, als ich es in Erinnerung habe, fürsorglicher und wärmer als je zuvor. Ich strecke einen Finger aus, streiche über den Bildschirm, sage, was von mir erwartet wird: erst ein paar Fragen, wie es zu Hause läuft, dann etwas über das Wetter hier draußen, ich bewege mich auf Messers Schneide, das merke ich an meiner brüchigen Stimme und den verschleifenden Vokalen. Während ich rede, wird sein Blick immer schmaler und zwischen seinen Augenbrauen bildet sich eine Falte, ich höre, wie

er mich unterbricht, fragt, ob etwas passiert ist, aber ich rede einfach weiter über Belanglosigkeiten, den gestrigen Benzinverbrauch und wie viele Liter Schneewasser ich geschmolzen habe. Wie könnte ich ihm auch erzählen, was ich spüre und ahne, oder, wie die Situation hier ist, ich wage es mir ja selbst kaum einzugestehen. Und schon gar nicht möchte ich es aussprechen, es vor anderen bestätigen, jenes Ding in der Hütte, dieses *Etwas,* sodass es registriert und aufgenommen wird, denn dann wäre es keine Phantasie mehr, keine Befürchtung, sondern wirklich und konkret.
Jo beugt sich vor. Wahrscheinlich betrachtet er mein Gesicht auf seinem Bildschirm, das fände ich beruhigend; er hört mir zu, er sieht mich, ich kann das einzig Mögliche sagen, das Einzige, was ich sagen kann und will.

Ich sage: Du musst jetzt kommen.
Ich sage: Komm jetzt.
Ich sage: Komm.

Und während ich es sage, ihn bitte, sehe ich mich selbst in einer Ecke des Bildschirms, wie meine Hände an meinem Pullover zerren, das Wollhemd aus der Hose ziehen und weiter hinauf über den Bauch, bis ganz zum Hals, und ich sehe meine Brüste, die Wölbungen, die von ihrer Schwere gezeichnet sind, meine Brustwarzen, rot und steif geworden in der Zugluft, und ich sehe meine Hände über die Taille streichen, sich um meine Brüste legen und sie anheben und ihm entgegenschieben, bis das helle, weiche Fleisch das ganze Bild ausfüllt. Und da, genau da, als ich beinahe über den Bildschirm falle, höre ich Jos Stimme, sanft und gedämpft:

Jo sagt: Meine Liebste.
Jo sagt: Ich sehe, dass du mich brauchst.
Jo sagt: Ich meine es jetzt ernst.

~ 46 ~

Die Vielfalt (auf mein Forschungs- und Interessengebiet beschränkt):
Dreizehenmöwe. Eissturmvogel. Sturmmöwe. Mantelmöwe. Kormoran. Krähenscharbe. Schmarotzerraubmöwe. Trottellumme. Dickschnabellumme. Gryllteiste. Tordalk. Papageitaucher. Eiderente. Prachteiderente. Der Kapitän. Gry. Maria. S. Jo. Lina. Ich.

Gefährdete Arten (innerhalb desselben Forschungs- und Interessengebiets):
Dreizehenmöwe. Eissturmvogel. Sturmmöwe. Schmarotzerraubmöwe. Trottellumme. Dickschnabellumme. Gryllteiste. Tordalk. Papageitaucher. Eiderente. Ich.

~ 47 ~

Zwanzigster Februar. Ein heftiger Wetterumschwung kündigt sich an, verursacht durch einen weiteren Sturm, der in der vergangenen Nacht hier gewütet hat. Stundenlang habe ich den Regen gegen die Fensterscheibe prasseln hören, habe mich mit den Händen am Bett festgeklammert, vor Angst, die Hütte könnte von einer Windböe ins Meer gerissen werden. Wie vielen Stürmen können die Wände der Hütte noch standhalten, bevor sie dem Druck nachgeben? Gegen Morgen lässt das Unwetter jedoch nach, und als ich aufstehe, ist nichts mehr zu hören, außer dem schwachen Klatschen des losen Stücks Dachpappe gegen den Giebel. Ich ziehe mich an, fülle Wasser in den Kessel und schalte die Gasplatte ein, und während das Wasser heiß wird, gehe ich zum Eingang und öffne die Tür. Ein Luftzug weht herein, überraschend kühl und sanft, als ich aber betrachte, was im schwachen Morgenlicht von Land und Meer zu sehen ist, bietet sich mir ein erschreckender Anblick. Was der Sturm mit den Holzpaneelen des Schuppens angerichtet hat, ist eine Sache, viel beeindruckender ist, wie viel Schnee in der Nacht verschwunden ist. Große Flächen der Landschaft liegen bloß, überall sind verfaultes Gras und Geröll zu sehen, als wären da Wunden, eine Art Hautausschlag, bei dem der Verband die Krankheit nur unzureichend bedeckt.

Alles, was ich mir wünsche, ist eine Normalisierung meiner Situation. Und das Normalste, was ich tun könnte, wäre, zum Vogelfelsen hinauszufahren und den Datenlogger auszutauschen, um zu versuchen, den Fehler, den ich gestern entdeckt habe, zu beheben. Nur mit Unterwäsche bekleidet, trete ich auf den Vorplatz der Hütte, um mir einen besseren Überblick zu verschaffen, doch schon nach wenigen Schritten stelle ich fest, dass es unmöglich ist, die ganze Strecke bis hinaus zu fahren. Der Wetterumschwung hat den Schnee vollkommen aufgeweicht, an den bloßgelegten Stellen ist die Erde über dem gefrorenen Boden bereits schlammig, und vereinzelt ragen Eisbuckel hervor, die bisher unter tiefen Schneewehen verborgen waren.

Daran zumindest ist nicht S. schuld, denke ich und überlege, die Schneeschuhe zu nehmen. Ich könnte es wenigstens versuchen, es wäre bestimmt möglich, zu Fuß dorthin zu gelangen. Ich könnte mit meinem Rucksack losziehen und wäre, wenn ich die Verhältnisse richtig einschätze, gegen halb eins am Vogelfels. Aber ich zögere. Die Abweichungen vom Normalen, von der Forschungsarbeit in relativ sicherer Umgebung, sind einfach zu groß und erscheinen mir im Moment geradezu überwältigend.

Während ich umherstapfe, frage ich mich, woher es eigentlich kommt, dass ich auf jedes Hindernis losgehen muss, egal, wie mitgenommen ich bin. Wie vielen Stürmen kann ich noch standhalten, bis auch ich dem Druck nachgebe? Ich plage mich eine Weile mit diesen Fragen sowie mit dem feuchten Schnee ab, und als ich ausrutsche und meine Wollunterwäsche nass wird, beschließe ich, eine gründliche, substanzielle Antwort zu suchen, und zwar indem ich mich einmal richtig reinige.

~ 48 ~

Ich stehe nackt in der Hütte, die Füße in einer Plastikwanne. Auf einem Schemel daneben steht ein dampfender Kessel, aus dem ich mir in langsamen, gleichmäßigen Bewegungen geschmolzenes Schneewasser über Kopf, Nacken und Brust gieße. Im Schein der Wandleuchten und unter der glänzenden Wasseroberfläche tritt der Schmutz auf meinem Körper deutlich hervor; in einer Hautfalte am Bauch ist ein Streifen zu sehen, zwischen meinen Brüsten und rund um die Achselhöhlen hat sich Dreck gesammelt, und als ich mir mit dem Waschlappen über Nacken und Brust fahre, wird er dunkel von Ruß und altem Schweiß. Das Wasser rieselt und strömt, spritzt und tropft, auf dem schwarzen Kunststoff um die Wanne sammeln sich Wasserlachen. Ich wasche und schrubbe wie der Sturm, mit harten, feuchten Handgriffen, und bald sieht meine Haut wie die Landschaft draußen aus, reingewaschen und bloßgelegt, durchsetzt von Geröll und Büscheln von wildgewachsenem Gras.

Während ich mich wasche, bin ich überzeugt, dass etwas, irgendetwas, für mich deutlich und greifbar werden wird. Dass ich, indem ich meinen Körper scheuere und reibe, leichter in eine Art Fluss kommen und mich dadurch, im doppelten Sinne, durch die Schichten von Dreck und Ablagerungen rein und klar erkennen kann. Ich wasche mir die Haare und spüle sie aus, seife mich ein, doch statt in Gedanken und Überlegungen verliere ich mich in meinem Körper, seiner Präsenz. Bauch, Brüste, Schenkel, die Teile von mir, die Lina gehört haben, die aber auch von S. und Jo begehrt wurden, und schon stehe ich in der Wanne wie eine zerstückelte Beute, besetzt und gezeichnet von allen dreien und unter dem Druck, ihnen allen gerecht werden zu müssen. Und auch dessen bin ich mir bewusst: Dass mir Teile meines Körpers nicht gehorchen, sondern das Gegenteil von dem tun, was ich soll oder will, meinem Selbstbestimmungsdrang zuwiderhandelnd.

In einer Situation wie zum Beispiel dieser: Es klingelt an der Tür meiner neuen Wohnung. Draußen steht S. Er lächelt und sagt, er wolle Linas Wollpullover holen, den sie am Wochenende bei mir vergessen habe. Ich wundere mich ein bisschen über den Zeitpunkt: Lina ist gerade im Kindergarten und das Wetter ist auch ziemlich mild, aber weil ich mich kooperativ zeigen will, bitte ich ihn zu warten, während ich reingehe, um den Pullover zu holen. Wieder lächelt er, stellt einen Fuß in die Tür, sagt, es wäre schön, einmal sehen zu dürfen, wie Lina wohnt, wenn sie bei mir ist. Noch immer guten Willens, aber auch darauf bedacht, ihn nicht zu reizen oder aufzuregen, lasse ich ihn ein und sage ihm, er solle im Flur warten. Er folgt mir natürlich. Bis zur Waschmaschine, wo ich stehen geblieben bin. Ich reiche ihm den Pullover, den er nicht nimmt, sondern gleichgültig in den Wäschekorb zurückwirft.
»Der muss gewaschen werden«, sagt er. Mein Blick folgt instinktiv dem Kleidungsstück, und als ich anschließend ihn ansehe, womöglich skeptisch, vielleicht auch irritiert, packt er meinen Arm und drückt mich gegen die Wand.
Ich weiß, was ich jetzt tun müsste. Ich müsste Widerstand leisten, mich mit Händen und Füßen wehren, und wenn das nicht hilft, ihn an den Haaren ziehen, ihn kneifen und kratzen, aber ich sehe ihm an, dass ihn das nur noch mehr anmachen würde, und ich sehe ihm an, dass er schon wieder an dem Punkt ist, an dem Punkt, an dem er sich vergessen und gefährlich werden kann, vielleicht sogar gewalttätig. Und hier, genau hier, finde ich die Antwort, den Kern meiner selbst. Oder meinen Schwachpunkt, wie S. so selbstsicher behauptet

hat. Genau hier nämlich höre ich auf, gegen Widerstände anzurennen, die Wände in mir geben nach: Wenn ich genügend Angst habe, breche auch ich zusammen.
Wie einer dieser Vögel, die sich tot stellen, folge ich seinem Körper, sinke auf den Boden, lege mich vielleicht sogar zurecht, schließe die Augen und bewege mich mit ihm. Als ob etwas in mir es wollte, weil es irgendwann einmal gut war. Als ob etwas in mir es tun müsste, weil ich eigentlich nur ein Flittchen bin. Denn so sieht er mich, wie ich da am Boden liege, aber was er nicht weiß, was er nicht verstehen kann, ist, dass ich längst verschwunden bin. Ich bin nicht da, auf dem Badezimmerboden unter ihm, sondern weit weg, jenseits von ihm, an einem fernen Ort, an dem er mich nie, niemals erreichen kann.

Zweiundzwanzigster Februar. Beobachtung vor der Hütte: Temperatur: plus sechs Komma zwei Grad Celsius. Wind: Schwacher Wind aus Nordwest, zwei Komma eins Meter pro Sekunde. Bewölkung: Acht Achtel. Nimbostratus.

Wasser tropft vom Dach und gluckert die Wände entlang, die vielen Haufen von altem Schnee und die zusammengesunkenen Schneewehen tauen; direkt neben dem Eingang der Hütte bilden sich kleine Bäche, die Richtung Strand fließen. Über der Ebene liegt dichtes Schneegestöber, und von der Tür, an der ich stehe, sieht es aus, als würde es wachsen und auf mich zurollen. Ich bin mir nicht sicher, ob ich es als faszinierendes Schauspiel betrachten soll oder eher als eine weitere Grenze, die mein Leben hier einschränkt. Wenn der Schuppen und das Schneemobil nicht mehr zu sehen sind, sind sie dann von der Welt umschlossen oder aus ihr verschwunden? Ich spüre ihn förmlich von allen Seiten, diesen Druck, und ich gehe hinein, schließe die Tür und setze mich vor den Ofen.

Während ich, den Blick auf die offene Ofenklappe gerichtet, in Gedanken über wechselnde Temperaturen, Hitze und Eis versinke, taucht ein Bild vom Vogelfelsen vor meinem inneren Auge auf, in dem ich selbst als wandelndes, feinfühliges Messgerät erscheine. Ich weiß nicht, ob es von der erzwungenen Untätigkeit und vom Warten kommt, vom Wissen, dass ich nicht zur Wetterstation hinausfahren und die letzten Ergebnisse herunterladen kann, aber dieser Gedanke, dieses Bild lässt mich einfach nicht los. Im Gegenteil, ich sehe es immer deutlicher vor mir; ich sehe meinen Kopf, meine Arme und Beine, Hände und Füße wie Tentakel, die unaufhörlich Wahrnehmungen und Ängste ansaugen, verdeckte, ungreifbare Zusammenhänge, und gleichzeitig, wahrscheinlich als Folge der fehlerhaften Daten, sehe ich die Kluft zwischen den Jahreszahlen und in meinen Beobachtungen vor mir: wie alle Zahlen und Statistiken schmelzen, einstürzen und zusammenbrechen, und ich, hineingepresst in diese Welt absoluter Regeln und Gesetze, die in Einheiten und Werten konkretisiert und aufgezeichnet werden, wie ich, der Mensch, durch ein Loch falle, zwischen zwei Messwerte, in den Abstand zwischen A und B, in die Lücke zwischen eins und zwei, in den Spalt zwischen Gradzahl, Hektopascal und Meter pro Sekunde. Ich falle und befinde mich in einem undefinierbaren Raum, unklar, voller Rätsel und Ungewissheiten, aber auch voller intensiver Sinneswahrnehmungen, und wie aus einer spontanen Reaktion auf dieses Bild setze ich den Schaukelstuhl in Bewegung, schaukele vor und zurück, zwischen den äußersten Punkten hin und her, aber auch zwischen damals und heute:

Und da sehe ich sie, Borghild. Sie sitzt da wie ich, in Gedanken versunken. Gedanken über Olaf, wie er sich verändert hat, über ihr Leben hier draußen. Es kann so nicht weitergehen. Das Haus, ihr kleiner Ort, ja, selbst die Tiere gehen daran zugrunde. Sie muss ihm sagen, was sie denkt, und zwar sofort.
Borghild steht auf, hält einen Zipfel der Schürze und des Rocks fest umklammert, während sie zum Stall hinübergeht. Sie öffnet die Tür, ruft seinen Namen, unnötig laut und scharf, das merkt sie an der Stille, die ihr von den Wänden entgegenschlägt. Die Schafe sind unruhig, sie stellt sich an die Box, dicht neben einen Balken; die Augen der Tiere starren zurück, steif und wie eingefroren, während ihre Kiefer unentwegt auf harten Grashalmen mahlen. Was wollen sie ihr sagen, überlegt Borghild und bohrt den Blick in die dunklen Winkel des Stalls, aber nein, nicht einmal ein Kind könnte sich dort versteckt haben. Wieder greift sie nach ihrem Rockzipfel, geht

weiter, in Richtung der Ebene, wo sie stehen bleibt, die Augen mit einer Hand abschirmt und Ausschau hält. Ist er auf dem Fjord, um die Netze auszuwerfen? Sie eilt zum Bootshaus hinunter, zieht die Schiebetür beiseite; das Boot ist aus dem Wasser gezogen und untergestellt, und als sie ihn jetzt noch einmal ruft, ohne eine Antwort zu bekommen, spürt sie seine Abwesenheit im ganzen Körper. Sie fährt mit den Fingern über das Dollbord, die Rudergabel – so, wie sie früher ihn gestreichelt hätte. Dann läuft sie wieder in das schwache Tageslicht hinaus, das Wasser spritzt, wenn sich zwischen den Steinen am Ufer Eis unter ihren Fußsohlen löst. Diese plötzliche Wachsamkeit in ihr gefällt ihr nicht, und sie zieht den Schal enger um die Schultern. Wo ist er bloß hin? Das Meer am Ende des Fjords ist endlos weit, die Landenge schmal und umgeben von Hügeln. Wenn er nicht hier ist, kann er unmöglich weit gekommen sein, er hat keinen Proviant dabei und in dem zerschlissenen Lodenmantel wird er bald frieren. Sie sinkt bis zu den Knien in den losen Schnee ein, kämpft sich durch verharschte Schneewehen; ihr Rufen klingt kurz, doch sie dehnt es aus, Buchstabe für Buchstabe, so laut und so deutlich sie kann und bis ihre Stimme in diesem leeren, öden Raum nicht mehr vom Schrei eines Tieres zu unterscheiden ist: »Ich verlasse dich!«, ruft sie mit geballten Fäusten. »Ich nehme die Mädchen und gehe zurück in die Stadt!« Sie hört die Unruhe, die sie verbreitet. Oder ist es genau umgekehrt? Umgibt die Unruhe eher sie, aufgewühlt und ganz unmittelbar? Ist es Unbehagen, Abscheu, was sie wahrnimmt, im Wind, in der Dunkelheit am Fuße der Hügel? Sie fröstelt. Sie merkt es, spürt es, Olaf ist hier, ganz in der Nähe. Doch er will sich nicht zu erkennen geben. Kurz darauf geht sie hinein und schließt die Tür hinter sich gut ab.

~ 50 ~

Ich muss im Schaukelstuhl eingeschlafen sein, es ist bereits halb fünf und stockdunkel in der Hütte. Ich strecke mich, zünde die Wandleuchten an und gehe auf die Toilette, halte auf dem Rückweg jedoch inne, erneut überrascht von der Wärme draußen. Ich werfe einen Blick auf das Thermometer; die Temperatur ist auf plus neun Komma fünf Grad Celsius gestiegen, obwohl die Sonne bereits untergegangen ist und sich ein gutes Stück unter dem Horizont befindet. Ich drehe mich um, starre die dampfende, fensterlose Wand an. Das ist der Beweis, denke ich. Für den Kollaps. Den menschengemachten Irrsinn.

Besorgt, aber mit hellwachen Sinnen konzentriere ich mich auf das Wetterphänomen unmittelbar vor meiner Hütte. Plötzlich nehme ich ein fremdes Geräusch wahr. Um mich herum, überall, ist eine Kakophonie aus Plätschern und Tröpfeln und Rieseln zu hören, dazwischen aber ein immer lauter werdendes rhythmisches Knarren oder Knirschen. Ich spüre einen Druck auf der Brust, kann kaum atmen, fokussiere mich ganz auf meine Sinne, lausche und versuche instinktiv, mir den Ursprung jedes Geräuschs zu erklären, wie es klingt, woran es mich erinnert, woher es in der Umgebung hier draußen stammen könnte. Ich kenne es, dieses Geräusch, ich höre es täglich bei meinen Touren auf die Ebene hinaus oder ans Ufer, allerdings als regelmäßigen Rhythmus und gleichbleibend stark, denn es kommt von mir selbst. Schritte. Ich höre Schritte, und nachdem ich mich anhand von Schrittgeschwindigkeit, Gleichgang und Trittstärke davon überzeugt habe, dass es kein Tier sein kann, nachdem ich mich vergewissert habe, dass es kein verirrtes Rentier ist oder ein Elch, der drau-

ßen herumschleicht, wird mir klar, dass es ein erwachsener Mensch sein muss, der sich nähert. Ich stehe wie versteinert, lasse die Erkenntnis einsinken, dann balle ich die Fäuste und krümme mich zusammen, fülle meine Brust, recke den Hals, rufe: »Jo! Jo! Bist du das! Ich bin hier!« Ich schlage mir die Hand vor den Mund, beiße mir auf die Fingerknöchel, und im selben Moment werden die Schritte leiser, bis sie im Nebel und in der Finsternis verklingen. Nichts ist mehr zu hören. Ich rufe erneut: »Jo! Ich bin hier!« Die darauffolgende Stille ist wie ein langer Gedankenstrich, doch plötzlich sind die Schritte wieder da, kommen vorsichtig, behutsam näher. Etwas stimmt nicht. Ich höre es am Zögern, und wie die Schritte im morschen Schnee auf der Stelle verharren; abwartend, wie unter Vorbehalt. Ich rufe noch einmal, ein Schrei, der mich selbst überrascht, denn ich brülle S.' vollen Namen mit einer Kraft heraus, die ihren Weg vorbei an den schweren Herzschlägen in meinem Hals findet. »Bist du das?«, rufe ich. »Bist du das, S., du verdammtes Schwein?«
Ich warte nicht auf eine Antwort, sondern gehe hinein und schließe die Tür ab, entschieden und mit Nachdruck.

Drinnen ist zum Glück alles wie immer, Holztisch und Schaukelstuhl stehen an den üblichen Plätzen, so, wie ich sie wenige Minuten zuvor verlassen habe. Ich trete vor den Spiegel, kneife mir in die Wange, prüfe meine Reaktion, meinen eigenen Blick. Vielleicht bin ich ein wenig blass, aber ansonsten wach und klar. Ich drehe mich um, schaue mir alles an, nehme den Anblick des Eimers mit dem Schmelzwasser in mich auf, den Kessel auf dem Gasherd, alles strahlt Ruhe und Geborgenheit aus: die zweckmäßige Form, der vorhersagbare Gebrauch, das vollkommen Realistische und Konkrete der Dinge an sich. Dann höre ich es an der Tür klopfen.
Sofort will ich nach dem Satellitentelefon greifen, es einschalten, hier drinnen nach Empfang suchen und um Hilfe rufen.

Ein Blick aus dem Fenster sagt mir jedoch, dass es sinnlos ist, genauso sinnlos, wie überhaupt Zeit auf das Telefon zu verschwenden, denn wer könnte mir hier schnell genug zu Hilfe eilen? Stattdessen hole ich die Patronenschachtel aus der Anrichte, das Gewehr von der Wand und fülle die Kammer mit Munition. Meine Hände führen die nötigen Handgriffe zuverlässig, schnell und sicher aus, doch gleichzeitig beobachte ich meine Bewegungen wie von außen, weit entfernt von dem, was sich plötzlich hier abspielt. Wenn es nicht S. ist, der da draußen steht, dann ist es der Kapitän, sage ich mir. Ja, er wird es sein, er ist der Typ dafür, sich so anzuschleichen. Am wahrscheinlichsten aber ist es Jo, Jo, der den Ernst der Lage begriffen hat und mich überraschen will, und das kann er ja auch noch, selbst wenn ich meine Vorsichtsmaßnahmen ergreife, oder? Erneut werfe ich einen Blick aus dem Fenster, als wäre die Antwort dort zu finden und nicht vor der Tür, aber als mein Blick nur die Feuchtigkeit sieht, die auf der Scheibe verdampft, stelle ich mir die Frage, die ich mir längst hätte stellen müssen: Wie kann ein Mensch sich in dieser undurchdringlichen Finsternis überhaupt fortbewegen? Direkt auf die Hütte zu, ganz präzise und genau? Wer oder was steht eigentlich da draußen?

Es klopft noch einmal. Diesmal so heftig, dass das Holz der Tür erzittert. Vibration und Geräusch. Dann ist es wenigstens keine Einbildung, denke ich und stelle mich vor den Eingang, breitbeinig und hochkonzentriert.

In einer einzigen Bewegung drehe ich den Schlüssel um und hebe das Gewehr, lege den Kolben an meine Schulter und richte den Lauf auf die Tür. Den Finger am Abzug, kalt und ruhig, hole ich drei Mal tief Luft. Ich hole Luft und denke an Lina, an die Ankunft der Vögel und an das Leben, das weitergehen wird, und rufe laut und deutlich: »Herein!«

Quellennachweise

T. Anker-Nilssen, H. Strøm (2010): »Nytt klima for sjøfugl?«, *Ottar* 2010 (5): 73
K. Askvik (2015): »Revolusjonerer forskning på dyr og klimaendringer«, *Framsenteret*, 21.05.2015
»Sjøfugl – speiler havets tilstand«, *Ottar* 2010 (5): 8-10, 19, 50-54, 79, 83, 85
»Sjøfugl«, veröffentlicht am 12.04.2016 von *Miljødirektoratet* www.miljøstatus.no 01.04.2017

Außerdem hat mein Bruder Geir Wing Gabrielsen mir geholfen und Auskunft gegeben; er ist Seniorwissenschaftler am Norsk Polarinstitutt.